JN299809

たてつく二人

三谷幸喜　清水ミチコ

幻冬舎

たてつく二人

装幀　和田誠

三谷さんは、できればカメラも持ち込んで回したいタイプですもんね。「有頂天手術」監督、三谷幸喜！——清水

「手術の時間」とか「みんなの手術」とかね。——三谷

清水　三谷さんのお芝居が終わったそうですね。

三谷　中井貴一さんと戸田恵子さんの二人芝居「グッドナイト　スリイプタイト」ですけど、東京公演が終わりまして今度は、大阪でやります。

清水　また焼き直しをするわけですか。

三谷　焼き直しとは言いません。大阪公演。

清水　関西でやる時は関西弁、東北でやる時は東北弁のお芝居があってもいいのにね。

三谷　まあね。関西弁といえば中井さんは東京生まれの東京育ちなのに関西弁が上手なんですよ。

清水　戸田さんも関西弁がお上手だったたんじゃないっけ？

三谷　戸田さんは、「なにわバタフライ」という一人芝居を関西弁でやったけど、あの芝居のために勉強したんですよ。

清水　ミヤコ蝶々さんの半生記ですからね。標準語じゃ違和感あるもんね。

三谷　戸田さんはもともと名古屋の方ですけど、芝居のために関西弁をイントネーションから全部勉強されたんですよ。中井さんは、なんで関西弁をしゃべれるんだろう。

清水　中井さんって、ちょっと音感がよさそうだもん。

三谷　確かに音感もいいし、リズム感もいいし、歌もすごい上手《うま》いんですよ。聞いたらね、ＬＰを二枚出してるって。

清水　ＬＰ（笑）。この放送を聴いてる若い子、ごめんなさいね。昔はそういうふうに言ったの。

三谷　今なんて言えばいいの？　アルバム？

清水　最近はアルバムとも言わないんだよね。

三谷　集大成？

清水　集大成はおかしいでしょ。

三谷　中井さんはね、集大成二枚出してるらしいんです。一枚は「青春の誓い」という。

清水　ホントに？

三谷　「青春の誓い」。中井さんらしいでしょ。

清水　真面目。中井さんなら「校歌のＣＤ出したらしいよ」って言われても、驚かないもん。

三谷　僕と同い年ですけど、永遠の青春スターですよ。澄み切った声で歌いますよ。「青春の誓い」

清水　そうだね。

三谷　もうすぐ五十ですけど。

清水　なんで青春っぽいんだろう。汚れてない感じがするから？
三谷　うん。汚れてないね、彼は。
清水　それで女にだらしなくなさそう。
三谷　全然だらしなくない。
清水　中井さんほど、不潔さのマイナスポイントのない人っていないよね。
三谷　どれだけニンニク食べた後でも、「ハアーッ」てやれば絶対ミントの歯磨き粉の匂いするよ。
清水　イメージはね。かげますね、匂いも。
三谷　優しいし、すごく気を遣うし、頭の回転もいいし、お芝居上手で歌上手いでしょ。息も綺麗でしょ。
清水　あんまり褒めていくと安っぽい感じがしますね。逆に欠点ってないの？
三谷　ない。中井さんって、ちょっと理屈っぽい感じがするじゃないですか。
清水　仕事に真面目なイメージがあるからね。
三谷　実際は、全然そんなことないんですよ。感覚派ですから。「かくれんぼしよう」って言ったら、「ああ、いいよ」ってすぐやってくれるタイプ。
清水　芝居中でも？
三谷　芝居中はさすがにダメでしょ。中断してまではやらない。
清水　じゃあたいしていい人じゃないじゃん。

三谷　本番中に「お客さん、すみません。ちょっと失礼します」ってかくれんぼしてたら、それはむしろ悪い人ですよ。

清水　私が昔「笑っていいとも！」に出てた頃、中井さんがたまたまテレフォンショッキングのゲストにいらして、放送前に出演者が溜まってるところに挨拶に来てくださったんですよ。私を見て、「田園調布のパテ屋さんにいらっしゃった方ですよね」って。

三谷　清水さんがデビュー前に働いていたお惣菜屋さんですよね。

清水　当時、中井さんもご近所だったそうで、「ちょこちょこ買いに行ったことあったんです」っておっしゃってくれたんです。

三谷　え、お店で働いてた清水さんを知ってたの？

清水　そうなんですよ。それも「知ってるよぉ」みたいじゃなくて、「僕、たまたま通りかかった時に、買ったんですよ」みたいな爽やかさ。さっすがだと思って。やっぱり息が綺麗だったのを思い出しました。

三谷　ほんと、そういう感じの方ですよ。結構ジェントルなんだけど、それが嫌味にならないみたいでね。あ、「いいとも」で思い出しましたけど前回、この番組を収録した時は、ちょうど「笑っていいとも！」に僕が出演した日だったんですよ。

清水　そうだったっけ？

三谷　「いいとも」やって、J-WAVEでこの番組の収録をして、家に帰るタクシーの中で、母が骨折したと電話がかかってきまして。

清水　どこかで事故にでも遭ったんですか？
三谷　僕がテレフォンショッキングに出るというので、母が急いでテレビの前に向かおうとして、つまずいてしまって。
清水　転んじゃったの？
三谷　左手首複雑骨折ですよ。レントゲンで見たら、ズタズタというか手首のグリグリのところが粉々になってましたね。
清水　そんなに？
三谷　何かにつまずいて、手で支えようとした時に、グリッとなったらしい。
清水　グリッとなってポキッはわかるけど。粉々がなんか、三谷家らしいね。
三谷　骨粗鬆症なのかな。
清水　ウチの母も言ってたけどね。年取ってくると、骨も崩れやすくなるんだって。
三谷　手術で金具を入れることになったんですが、うちの母、全身麻酔ですよ。
清水　じゃあ、これからお母さんは（ロボット声で）「お〜か〜え〜り〜幸喜ちゃん〜」みたいな感じになるんですかね。
三谷　全身に金具を入れてロボコップみたいになったわけじゃないですから。
清水　失礼しました。
三谷　で、うちの母が言ってたのは、「こんなことになったのも清水さんのせいだ」と。
清水　なんで、なんで？

三谷　清水さんがテレフォンショッキングで僕を指名さえしなければ、私は今頃、元気にしていたと。
清水　そんなこと言うお母さんじゃないと思いますけど。息子がちょっと作ったような気もしますが、お母さん、すみませんでした。
三谷　全身麻酔をしてる母を見るというのはなんか、イヤなもんですね。
清水　なんで？　寝てるだけなんでしょ。
三谷　あのね、結構大変なんですよ。心臓以外は全部止まっちゃうから、いろんな器具が装着されるわけですよ。
清水　そうなの？　ごめん、全身麻酔って、ただ寝てる状態なんだと思ってた。
三谷　もっと気持ちいいイメージありますよね。
清水　チューブとかもつながって？
三谷　鼻とか、口とかからもいろんな管《くだ》がつながってました。先生もたくさん集まって、色々調節しながら体温もどんどん下がっていくわけですよ。
清水　ちっとも知らなかった。
三谷　たかだか手首の骨折と侮れないですね。
清水　息子さんはそのレントゲンは見たんですか。
三谷　見ましたよ。「できれば、手術も見学したいんですけど」って言ったら、「それはダメだ」。

清水　身内だと、「ちょっとやめてくださいよ、そんなメスの入れ方」みたいなことになっちゃうのかな。
三谷　お医者さんも緊張するのかな。
清水　三谷さんは、できればカメラも持ち込んで回したいタイプですもんね。「有頂天手術」監督、三谷幸喜！
三谷　「手術の時間」とか「みんなの手術」とかね。
清水　でも三谷さんが手術に立ち会ったら、緊張するというよりは、邪魔でしょうね。絶対器具につまずいたりしそう。
三谷　緊張すればするほど、動きがぎこちなくなるもんね。
清水　ドクターが「メス」って言ったら、横で無駄に探しそうだもんね。
三谷　「メスだ、メス。早く急いで」って看護師さんをせかしたくなります。
清水　全身麻酔の手術というのは一時間ぐらい？
三谷　もうちょっとあったですね。三、四時間ぐらい。
清水　やっぱり三時間も手術室に家族がいると困るよね。だからドラマみたいに、待合室とか手術室の前でウロウロすることになるんですね。
三谷　僕は病室で待機してました。
清水　病室で？　何してたの？
三谷　テレビ観てましたよ。だってすることないんだもん。

清水　じゃあ、家に帰ればいいじゃない。
三谷　僕は帰りたかったんだけど、母が目が覚めた時にいて欲しいというふうに言うわけですよ。寂しいって。
清水　ああ、そうかもしれないね。目が覚めた時はお医者さんじゃない誰かにいて欲しいかも。
三谷　そうかなぁ。僕は目が覚めた時に誰かがいるのはイヤだな。
清水　私がいたら？
三谷　「なんで清水さん呼んだんだよ〜」
清水　やっぱり他人は恥ずかしいかもね。
三谷　清水さんが手術した時に、目が覚めたら僕がいたらどうします？
清水　また寝たふりしますね。
三谷　心配だから目が覚めるまでいますよ。枕元に隠れていよう。
清水　私は大丈夫ですから、お母さんのところに行ってあげてください。まだ入院していらっしゃるんでしょ？
三谷　無事手術も成功しまして。もう退院しました。
清水　よかった。おめでとうございました。

ついでの話〈中井貴一〉

一九六一（昭和三十六）年九月十八日、東京生まれの乙女座。身長 百八十一センチ 体重七十キロ。

父は俳優の佐田啓二。父の十七回忌法要の場でスカウトされ、一九八一年映画「連合艦隊」でデビュー。この年の日本アカデミー賞新人俳優賞を受賞。一九八五年の市川崑監督作品「ビルマの竪琴」の水島二等兵役で俳優としての地位を確立したと言われ、その後も数多くのドラマ、映画に出演する日本を代表する俳優である。三谷作品では「みんなのいえ」で中井貴一役を、「竜馬の妻とその夫と愛人」で竜馬の義兄弟である菅野覚兵衛を、「ザ・マジックアワー」で劇中劇のスター、磐田とおるを演じ、舞台「コンフィダント・絆」でジョルジュ・スーラ役、そして「グッドナイト スリイプタイト」で戸田恵子と離婚する夫役を演じた。

でも三谷さんの映画をけなした監督いましたよ。——清水

「ゴミだ」って言った人がいるわけですよ。ものすごく腹が立つの。——三谷

清水　昨日は手術の話題でちょっとブルーな話になったじゃないですか。

三谷　全然ブルーじゃないですよ。むしろめでたい。レッドな感じですよ。

清水　親の怪我がレッドな感じなんですか。あ、レッドで思い出したけど、あの映画、全然面白くないじゃないですか。

三谷　レッドで始まる？

清水　私は別に、どれとは言ってないですよ。レッドといってもいろんな映画がありますから。

三谷　「レッドブル」とか「レッド・サン」とかね。「レッド・オクトーバーを追え！」。

清水　潜水艦映画にはずれなし！　じゃなかったでしたっけ？

三谷　脱走映画と潜水艦映画にはずれはないですよ。潜水艦で脱走ものを作れば絶対大ヒットしますから。

清水　潜水艦映画ではなかったですけど、三谷さんオススメのレッド映画は、はずしましたよ。

三谷　そうですか？　「レッドクリフ」はお気に召さなかったか。

清水　あ、言っちゃった。私は、ＣＧ丸出しもいい加減にしてくれっていう感じだったんですけど。
三谷　いやあ、そんなはずないけどなあ。
清水　なんか『三国志』ってもっと深そうな話なのに、こんなもんかと思った人もいっぱいいるんじゃないですか。
三谷　まあ『三国志』だと思って観ると、ちょっと不満はあるかもしれないけど、ただあれだけビジュアルで、あの当時を再現してくれれば、それでもう満足しないと。
清水　みんなあんなに綺麗なわけないよね。ホントは泥とか色々ついてるはずなのに。
三谷　ああ、鎧《よろい》とか兜《かぶと》にね。
清水　女の人もあんなに綺麗なメイクはないでしょ。
三谷　周瑜《しゅうゆ》の奥さんでしょ。綺麗でしたね。
清水　前も一回注意しましたけど、この番組とか朝日新聞で三谷さんが面白かったと言うから、観た後メールで「つまんなかったじゃないの」って送ったら「すみませんでした。実は僕もそう思ってました」みたいな返信はやめてくれる？
三谷　そんなことありましたっけ？
清水　「ラジオだったので、いい子を演じたのです」みたいな。あれは今年からやめたほうがいいと思うよ。
三谷　どっちをやめればいいんですか。朝日新聞？　ラジオ？

清水　嘘をついてまで褒めなくてもいいんです。けなしたら「レッドクリフ」の人たちが攻めてくると思ってない？
三谷　孔明たちが？
清水　「おおー」って言って……あの人たちホントはいないからね。
三谷　僕は映画は絶対けなさないって決めたんですよ。人物はけなすかもしれないけども、作ったものはけなさない。
清水　じゃあ、あれ褒め殺しだったの？
三谷　いやいや。いいところを見つけるんですよ。だって、逆の立場で考えると、自分も作る側じゃないですか。公《おおやけ》の場で誰かが僕の作品とかけなすのを聞くと、やっぱりイヤな気持ちになるし、そこから何も生まれないんですよね。よーし、頑張ろうってならないもん。
清水　でもお金払った人は、言いたいじゃないですか。「なんだ、これ？」って。
三谷　それは言えばいいじゃない。でも淀川長治さんじゃないですけど、やっぱりどんな映画にもいいところあるんですから、映画を作る人間は百パーセントけなしちゃいけない。
清水　でも三谷さんの映画をけなした監督いましたよ。
三谷　「ゴミだ」って言った人がいるわけですよ。ものすごく腹が立つの。
清水　気持ちいいじゃないですか。面白い（笑）。

三谷　僕だけだったらいいんですけど、一緒に作った人たちがいっぱいいるから、その人たちが「ゴミだ」って言われると、さすがに。

清水　その監督って誰でしたっけ。

三谷　言いませんけど、「レッドクリフ」もジョン・ウーの耳には入らなくても、日本の宣伝担当の人とか関係者は沢山いるわけですよ。そういう人たちのことを思うと、彼らは一生懸命やってるんだからけなす気にはなれない。

清水　それはわかるけど、上手に騙《だま》してくれればいいのに、すごく絶賛してたじゃないですか。だから「嘘つきー」って感じになるんですよね。

三谷　心から嘘ついてないですよ。いいところはものすごくよかったと思いますもん。別に悪いこと言わなくてもいいじゃないですか。

清水　ええーっ。じゃあ、もう三谷さんにはどの映画を観ればいいか聞けないですよ。

三谷　清水さんに聞かれたら言いますよ。でも放送では僕は絶賛し続けますから、清水さんは、どんどん毒舌を言ってください。

清水　三谷さんのやつも？

三谷　僕には言わないで。「ビバリー昼ズ」で言われてもイヤですけど。「レッドクリフ」の悪いところは、どんどん言ってくださいよ。

清水　というかね、最近の映画のＣＧの多さがキツいのよ。やっぱり年代なのかな。若い子はきっと慣れてるから大丈夫なんだよね。

三谷　やっぱりね、ＣＧは、しょせんＣＧなんですよ。
清水　あれってなんだろうね。
三谷　もしかしたら、今のレベルがそうなのかもしれない。これからもっとよくなるかもしれない。
清水　ちょっと待って。しょせんＣＧって言うと、この放送はＣＧ作ってらっしゃる方も聞いてるかもしれないよ。
三谷　だから今、言い直したでしょ。今のＣＧの頑張りは認めますもん。
清水　どっちつかずのコメントってやっぱり面白くない。けなして伸びる人もいるんですから、けなす時はけなしましょうよ。
三谷　これからはＣＧがどんどんよくなるかもしれない。昔よりは遥かによくなったしね。
清水　昔っていうと、例えば何があるの？
三谷　僕が最初に観たのは「トロン」ですよ。
清水　「トロン」って宇宙の、ＳＦ映画ですよね。
三谷　今観ると、ものすごいチープな感じですけど、それに比べればだいぶ進化してると思う。
清水　「２００１年宇宙の旅」なんていうのは、あれはＣＧなの？
三谷　どうなのかな。ミニチュアとか使ったり……前に話をしたかもしれないけど「スター・ウォーズ」とかって、ＣＧっていうよりは、マットペインティングが凄いんです。

清水　ペインティングってことは絵なんですか？　マッド・アマノみたいな感じの？
三谷　パロディとかそういうの関係ないですから。マッドじゃないし。マットね。宇宙空間とか、すごい綺麗に絵に描いちゃうんですよね。
清水　あれがいいですね。
三谷　とても奥行きがある。あと昔の堺正章さんが出てた頃の「西遊記」ですごい中国の山々とかがあったじゃないですか。
清水　中国行ってないの？　あれ。
三谷　行ってないと思うよ、きっと富士山とかだと思います。あれはCGっていうか絵を描いて合成してるんですよ。
清水　奥地行ってないの？　やらせだったか〜。
三谷　ドキュメンタリーじゃないんで、やらせではないですけど。
清水　その技術、もっと有名になってもよさそうですね。マット、何だっけ？
三谷　マットペインティング。日本人で、ハリウッドに行ってそういうの描いてる人いるらしいんですけどね。
清水　上手そう、上手そう、日本人。銭湯の絵があんなに上手なんだもん。
三谷　「スター・ウォーズ」なんかも、最初は僕らが大学生の頃に観たじゃないですか。
清水　1ね。
三谷　1というか、3というか。4か。

清水　あれが初めて観る人の気を削《そ》ぐよね。「まだ『スター・ウォーズ』観てないんです」という人に説明する時に、「4からなんだけど、面白くって」って言っても「4から観るの？　面倒くさー」って顔してるものね。

三谷　これから生まれてくる子供たちに観せる時に、「スター・ウォーズ」はどっから観せるのが正しいのかな。

清水　そうなんですよ。私は作った順番でいいと思うけど。ああ、でもちょっと難しいかな。水道橋博士さんの子供なんかも全部観てるんだよね。1から観せたんだっけかな。

三谷　でも1から観せると、変な感じがしないかな。

清水　そうなんですよ。説明過多なんですよね。

三谷　やっぱり作った順がいいんですね。作る立場からいっても作った順番に観てもらいたいですもん。

清水　それをザッとCGで編集して観せるのはどうかな。

三谷　総集編ってこと？　一番ダメでしょ。

清水　今、総集編をけなしたけど、大丈夫？　総集編に携わってる人、怒るんじゃない？

三谷　スター・ウォーズの総集編はまだないですから。

ついでの話〈映画「トロン」〉

アニメと実写フィルムを織りまぜて描き、世界で初めて全面的にCGを使った映画。開発したゲームを同僚に盗まれた主人公が、不正の証拠を摑もうとしているうちにコンピュータの世界に送り込まれるというストーリーで、一九八二年に公開された。基盤の上を猛スピードで車が疾走するシーンが話題となった。監督・脚本はスティーブン・リズバーガー。彼と製作のドナルド・クーシュナーがディズニー・プロに企画を持ち込み製作が決定。製作指揮はディズニー・プロ社長のロン・ミラーが担当。二〇一〇年「ディズニー・デジタル３Ｄ」による続編「トロン：レガシー」が公開された。

あそこのホテルってエレベーターに乗ると、ミッキーが全部解説してくれるんですよ。——三谷

そんなわけないけどな。世界で一人しかいないんでしょ。忙しいですからエレベーターボーイまではできません。——清水

清水　三谷さんのお芝居「グッドナイト　スリイプタイト」、評判いいようですね。

三谷　鈴木京香さんが昨日観に来てくださって。今までで一番よかったとおっしゃってましたよ。

清水　やっぱり芝居のほうもどんどんよくなってる感じですか。

三谷　尻上がりにね。一カ月やってると、中井さんと戸田さんがホントの夫婦に見えてくるんですよ。覚えたセリフを言ってる感じがしないもんね。いいですよ。

清水　ああ、そうかそうか。やっぱり初日って行くもんじゃないな。

三谷　いやいや、そんなことないよ。初日は初日の良さがある。清水さんはね、まだお見えになってないけど。

清水　私、大阪公演に行くかもしれないです。

三谷　わざわざ大阪までね、観に来てくださるんですか。

清水　観に行くんじゃないよ。もし大阪でなんか仕事あった時に、ぜひ観せてくださいってことですから。
三谷　交通費払いますから、言ってくださいね。
清水　よっぽどの自信ですね。というか、私は東京で観に行きたい日があったんだけど、満席だったんですよ。立ち見ってダメなの？
三谷　昔は通路に座布団とか置いて座ったりしてたんですけどね。今は、劇場はかなり厳しくなってますからね。消防士さんが来るんですよ。別にホースとか持ってくるわけじゃないですよ。抜き打ちで検査に来る。
清水　それに引っかかったら怖いから。
三谷　そう。その時に立ち見とかいたら、「おお、どうなってるんだ」みたいなふうになるんじゃないかな。だからすごく厳しくなってますね。
清水　わかりました。じゃあ大阪の仕事が入るように祈ってます。
三谷　あ、昨日いらした鈴木京香さんから伝言があって。彼女ずっとドラマで桃井かおりさんと一緒に仕事してたんですよ。
清水　うん。「スキャンダル」でしょ。
三谷　で、二人で飲みに行った時に、桃井さんが清水さんの話をしていたと。
清水　どんな話か気になるから、その続きをぜひお願いします。
三谷　「何の話してたか忘れちゃったんです」って言ってました。
清水　ああ、鈴木さんらしい、おっとりした感じの（笑）。

三谷　だったら言うなって感じでしょ。

清水　私が被害者だったら、「何言ってたのかしら。ふん」ってなもんですけど、どちらかといえば、いつもモノマネしてる加害者ですからね。非常に気にかかるわけですよ。

三谷　やっぱりね。加害者には加害者のつらさがありますよ。

清水　めちゃくちゃありますよ。どこで会おうと、まずお詫びしなくちゃという人がたくさんいますから。

三谷　エレベーターで会っても？

清水　エレベーターでばったりというのは、挨拶していいのかどうかわからない空間ですよね。

三谷　難しいですよね。

清水　部屋のような気もするし、公の乗り物ですから挨拶しないでねって感じもするし。

三谷　密閉された空間に見えるけど、オープンな場所ですからね。でも短い間ですけども、生死を共にしてるわけですもんね。

清水　エレベーターの中って照れくさいよね。

三谷　こないだ、ディズニーランドのホテルに行ったんですよ。

清水　できたばかりの新しいほう？

三谷　新しいほう。

清水　すごい。三谷さん選ばれし者ですね。ディズニーにご招待されたんだ。

三谷　いえ、自分で予約して。家族の集まりがそこであったんです。うちの奥さんのお父さんのお誕生日だったんですよ。
清水　お父さんって大工の棟梁《とうりょう》のお父さんでしょ。
三谷　そうです、そうです。「みんなのいえ」の時のね。で、スノーホワイトの間というのがあってですね。
清水　棟梁がスノーホワイトってイメージ湧かないですね。「スノーホワイトだぁ？　てやんでぇ」ってイメージなんですけど。
三谷　それ、田中邦衛さんのイメージでしょ。実際はもっと紳士的な方ですから。
清水　白雪姫の王子様的な方なの？　そんな大工さんイヤだぁ。
三谷　そんな小林家が一堂に集まって、食事会みたいなのやったんです。
清水　いいなあ白雪姫の間で食事会。
三谷　あそこのホテルってエレベーターに乗ると、ミッキーが全部解説してくれるんですよ。「上へ行くよ」（ミッキーの声で）とか。
清水　そんなわけないけどな。世界で一人しかいないんでしょ。忙しいですからエレベーターボーイまではできません。
三谷　別にミッキーが乗ってるわけじゃないですよ。
清水　あ、録音ですか。
三谷　ミッキーが（ミッキーの声）「下に行くよ」。

清水　ちょっとニュアンスが違うな。
三谷　（ミッキーの声）「楽しんでおいで」
清水　（ミッキーの声）「楽しんでおいでよ。バイバイ。アハハ。アハハハ」
三谷　そうそう。そんな感じです。ミッキーの声は、最初はウォルト・ディズニーがやってたんですよ。
清水　聞いたことありますよ。
三谷　（ミッキーの声）「みんな！　ぼくウォルトだよ」
清水　ウォルトがあんな声をしてたわけじゃないんですよ。
三谷　そのエレベーターに乗ったらですね、年は僕よりちょっと若いぐらいのお父さんと、奥さんと子供が乗ってきたわけですよ。
清水　ディズニーですからね、家族連れも乗りますよ。どちらかといえば不倫カップルには遠慮頂きたいくらいです。
三谷　乗ってるのはいいんです。でもお父さんが僕をチラッと見て、「えっ？」って言うわけですよ。
清水　あの三谷幸喜が乗ってるって驚いた「えっ？」ですね。
三谷　ずっとですよ。「えっ？」「えっ？」って僕を見ながら。たぶん僕だということがわかったと思うんですけども。
清水　「三谷さんですか」とも聞かずに？

三谷　ただ「え？」「ええっ？」「えっ？」ずっと言ってるわけですよ。そういう時ってどうすりゃいいんですか？　こっちも「えっ？」って言い返す？
清水　私だったら、なんとなく頷《うなず》いてますね。
三谷　で、途中から奥さんに、「なあなあ、見て、見て、見て。三谷幸喜じゃないか」というわけですよ。小声のつもりかもしれないけど確実に聞こえてるんです。
清水　エレベーターですもんね。よっぽど小声じゃないと聞こえますね。
三谷　「三谷幸喜。三谷幸喜……えっ？」って言うわけですよ。奥さんのほうは「違うよ。違うよ」と言って、失礼だからやめようみたいな感じ。だけど、旦那さんのほうが舞い上がってて、「え、おい、えっ？　三谷幸喜　三谷幸喜……えっ？」。
清水　ちょっと面白いな。
三谷　でもずっとですよ。
清水　そういうときは（ミッキーの声）「僕は三谷じゃないよ」。
三谷　ミッキーの声で？
清水　うん。（ミッキーの声）「僕、ミッタージャないよ」
三谷　そんなサービスしなきゃいけないの？
清水　夢と魔法の王国ですから、三谷さんもそのくらいサービスをしとけば「ああ、そうか。すごいな、このホテル」ってことになるんですよ。
三谷　一緒にいたお子さんは、お父さんが、ああいう人でどうなんだろう。

清水　えぇー、うちのお父さんそうだったよ。なんかね、超好きなんですよね、一流芸能人みたいなのが。一回、親子でパルコに洋服を買いに行ったことあったんですよ。そしたらそこに津川雅彦さんがいらして、「こないだドラマがすごいよかったから、ちょっと褒めてくる」って言いだして。私は「頼むからやめて」って言って。
三谷　それは清水さんの旦那さん？　お父さん？
清水　お父さんです。自分の父親。
三谷　津川さんに言いに行ったの？
清水　私は恥ずかしいから「やめて。絶対やめて、やめて。お願いします。お願いします」。もう土下座ですよ。
三谷　まあでも、それはまだなんか許せるな。津川さんですねって言うわけですから。「えっ？」攻撃とは違いますもん。
清水　ヤンキーたちがガンを飛ばしてくる時も「んんっ？」ですよね？
三谷　そうなんですよ。驚きの中にちょっと喧嘩《けんか》売ってる感じもするじゃないですか。あれがイヤなんだよなあ。
清水　イヤなんだよなって、いざヤンキーに「え？」って来られたら、あなたどうするんですか。
三谷　まず、謝りますよ。
清水　金持ち喧嘩せずですね。

三谷　昔、伊丹十三さんと宮本信子さんご夫妻とお会いした時に、伊丹さんが口癖なのかわからないけど、「なんで？」っておっしゃるんですよ。すごい質問魔。

清水　エッセイなんか読んでるとそうですよね。昔こんなの読んだことあるよ。「僕は一円玉が落ちても拾わない。何故なら、腰をかがめて拾う労力は一円以上だから」

三谷　かっこいいよね、伊丹さん。僕とは年齢が親子ぐらい違うのに、「ちょっと今度映画作ったんで、意見を聞きたいから、観に来てくれ」とか言われて、ご自宅まで行って。

清水　三谷さんは、その頃何してた？

三谷　映画はまだ作ってなかったです。伊丹さんが僕の劇団の芝居を観に来てすごく気に入ってもらって、それ以来、割とご自宅に呼んでくださったりしてたんですよ。

清水　へえ〜。

三谷　何の映画だったか忘れちゃったけど、公開する前の編集が上がったぐらいの段階で、音楽もついてない時に、「ちょっと観て意見聞かせて」って言ってもらったりして。亡くなる、二年ぐらい前だったと思うけど。

清水　意見言いづらいでしょう？

三谷　伊丹さんと一緒にご自宅で映画観て、「ここは、ちょっと……」とかって当然言えない。

清水　当たり前じゃないですか。万作の息子ですよ。

三谷　伊丹万作さんのご子息ですけど。

清水　十六タルトの子孫だよね。知らない？
三谷　十六タルトの？
清水　十六タルトのお家の末裔《まつえい》が、伊丹十三になるんじゃなかったけ？
三谷　違うと思うな。十六タルトの会社の社長さんが、伊丹映画のプロデューサーだったんですよ。
清水　じゃあ、まあ末裔みたいなもんだね。ザッと言うと。
三谷　清水さんのそういうところがね、確かにね、雑ですよ。
清水　（ヤンキー風に）「んんっ？」何か、文句ある？
三谷　ありません。

ついでの話〈東京ディズニーランドホテル〉

二〇〇八年七月八日、東京ディズニーリゾート（ランド）の目の前に誕生した客室総数七百五室の大型ホテル。「アンバサダーホテル」「ホテルミラコスタ」に続く三番目のディズニー直営ホテルで、東京ディズニーランドのワールドバザールと同じヴィクトリア朝様式を採用。また、ディズニーホテルならではの魅力にあふれているのが「キャラクター」をテーマにした部屋。ピーターパンや白雪姫、ふしぎの国のアリスなどをモチーフにした壁紙や絵などが飾られているのが特徴で全部で百三室ある。エレベーターは日立製でミッキーの他にミニー、ドナルド、グーフィー、プルートらがフロアを教えてくれる。

泣けたという時もさ、「素直に泣けた」って言うんだよね。なんでいちいち素直につけるのかしら。――清水

あとは、「普通に面白かった」。――三谷

三谷　清水さん、とりあえず今夜は訂正からいきますよ。

清水　はい、お願いします。

三谷　訂正というレベルじゃないんですけど。昨日清水さんがおっしゃってた十六タルトの話ですけど。

清水　何ですか。

三谷　十六（じゅうろく）タルトじゃなくて、一六（いちろく）タルトですね。

清水　じゃあ私はバッタもん食べてたんですね。

三谷　タルトといえば一六ですから。

清水　言い訳させてもらえるなら飛騨高山というところでは、十六銀行というのが、すごくメジャーな銀行なんです。銀行といえば十六銀行が一番安心みたいなところがあって。

三谷　なんか地方に行くと、数字の銀行がありますけど、あれは何の数なんですか？

清水　九十九とかね。八十七とか。

三谷　ラッキーセブンの七十七銀行とか末広がりの八十八銀行ならまだわかるけど。

清水　言われてみれば十六ってえらい謙遜した数字ですよね。銀行だったら、一億銀行とかのほうがつぶれなさそう。
三谷　山本「いそろく」は五十六と書きますけどね。
清水　ありがとう。全然いらない情報。
三谷　一六銀行というのは質屋さんのことですけどね。
清水　え、なんで？　七を分けてるの？
三谷　うん。ちょっと洒落た言い回しで。「ちょっと一六銀行、行ってくるよ」みたいな。
清水　二五銀行じゃダメなの？
三谷　三四でもダメ。
清水　なんで、一と六なんだろう。やっぱり一という数字が気持ちいいのかな。
三谷　でも一六タルトは質屋とは関係ありません。
清水　なんで一と六なの？　アンコとケーキの割合？　アンコが一で……。
三谷　いま、わかりました。明治十六年創業で一六タルトですよ。
清水　そっからきてるんだ。
三谷　そうですよ。ということは……。
清水　十六《じゅうろく》タルトでいいじゃないの。さっき謝って損したじゃない。
三谷　そして伊丹さんと一六タルトさんは、やっぱり親戚じゃないんですね。伊丹さんは、愛媛県で高校時代を過ごしてらっしゃったというご縁があって、一六タルトのCMに

清水　お出になったことがあるんですって。それが縁で仲良くなったらしいですよ。なるほど、そういうことだったんですね。でもさ、どこまでを親戚というかって、すごく難しいじゃないですか。
三谷　そんなことないですよ。
清水　そもそもアダムとイブが誕生してからというもの、みんな遠縁なんだよね。伊丹さんと一六タルトさんが親戚と言ったことで、私がお詫びしないのは、そういうところにあるんですよね。
三谷　親戚の親戚はみな親戚だ！　世界に広げよう親戚の輪！
清水　ザッと言うと国中が親戚ということですよ。
三谷　それでいうと僕と清水さんも、親戚と言ってもいいんですか。
清水　そうですよ。私はいつも甥《おい》っこみたいに思ってるんだ。
三谷　ありがとうございます。僕もなんかね、ミチコ叔母さんって言いたくなってきました。
清水　それはやめてください。ところでディズニーのホテルはどうだったんですか？
三谷　エレベーターの話以外に？
清水　それよりホテル見てどうだったの？
三谷　よかったですよ。新しくてきれいだし。あと感心したのが従業員をキャストというんですよ。その方がディズニーのことを何でも知ってるんですよ。
清水　そりゃそうでしょうね。日本中のディズニーファンが、ここで働きたいと思って、難関くぐって合格されるんでしょうからね。

三谷　そう試験があるんですって。どれだけディズニーを知ってるかというテストに合格しなきゃなれない。

清水　受けてみたーい。

三谷　清水さんは無理無理無理。不合格。

清水　あなた、私がディズニーファンだってこと知らないでしょ。今、顔で落としたでしょ。

三谷　知ってるんですか、ディズニーのこと？

清水　メチャクチャ知ってますよ。ミッキーは「蒸気船ウィリー」から始まったんですよ。

三谷　お、詳しいですね。じゃ僕が出しますよ。ディズニーのことだったら全て知ってるという清水さんにディズニー検定。

清水　任せてください！

三谷　じゃあ白雪姫の七人の仲間たちの名前を挙げてください。

清水　一人一人言おうか。「あわてんぼ」はい。

三谷　僕はそんな詳しくない。

清水　じゃあ出すなよ。

三谷　「むくみ」

清水　「むくみ」なんていないよ。

三谷　「あわてんぼ」はいるんですか。

清水　「あわてんぼ」いますよ。
三谷　名前が「あわてんぼ」っていうの？
清水　あと「おこりんぼ」とか。そう言われると欠点を名前にするって面白いね。
三谷　あと確か「くしゃみ」ってのもいたね。
清水　いたような気がする。
三谷　今スタジオに正確な情報が入ってきましたので発表します。僕が「むくみ」って言いましたけど、「むくみ」はいなかったですね。
清水　いるわけないでしょ。私の「おこりんぼ」はいた？
三谷　「おこりんぼ」いますね。おこりんぼグランピー（Ｇｒｕｍｐｙ）。あと、ドク（Ｄｏｃ）というのはいますね。日本では「せんせい」。
清水　ドクターか。
三谷　ハッピー（Ｈａｐｐｙ）は「ごきげん」。次、スリーピー（Ｓｌｅｅｐｙ）「ねぼすけ」。
清水　「ねぼすけ」だ。いたいた。
三谷　これ聞いたことないな。バシュフル（Ｂａｓｈｆｕｌ）。
清水　バシュフル。何、どういうこと？
三谷　「てれすけ」だって。
清水　「新選組！」にもいましたね。

三谷　それはステスケ（捨助）。
清水　「てれすけ」って、バシュフルっていうんだ。
三谷　ドーピー（Dopey）が「おとぼけ」でスニージー（Sneezy）「くしゃみ」。
清水　あ、「くしゃみ」はあってた。
三谷　あわてんぼ、いないですよ、清水さん。
清水　「あわてんぼ」はサンタクロースか。
三谷　でもこれって英語で言うから、可愛いんだよね。
清水　まあ日本語で「てれすけ」とか「くしゃみ」と言われてもね。
三谷　でも「白雪姫」も七人だし「七人の侍」もセブンだし、映画やドラマってだいたい七人なんですよね。
清水　だいたいじゃなくて、「白雪姫」と「七人の侍」の二本ですけどね。よく「みんなそうだよ」って言う子いましたよね。
三谷　もっとあるよ。
清水　もう一つだけ挙げてみて。
三谷　「黄金の七人」という映画ありましたよ。みんなで泥棒するんです。あと、ほら、「荒野の七人」に「ワイルド7」とかね。
清水　七って多い感じしない？
三谷　でも六じゃなんか物足りないし、八じゃ多すぎるんだよね。

清水　「オーシャンズ11」とか「オーシャンズ13」とかありますよ。
三谷　一番しっくりくるのが七なんです。
清水　私、五でいいような気がするんだけどな。正義の味方は五人がいいな。
三谷　うん。五もあるね。
清水　やっぱり奇数がいいのよ。三、五、七だね。
三谷　「隠し砦の三悪人」とか「三匹の侍」とかね。
清水　あとは「ブーフーウー」。「Gメン75」は何人が滑走路を歩いてたの？
三谷　たぶん七人？
清水　偶数で決まるってないもんね。
三谷　偶数だと仲間割れした時に、多数決取ると決まらないからじゃないですか。
清水　私が好きだったのは、女の人が主役のドラマで、トランプの「私はハート」「私はスペード」「私はダイヤ」とか言っていくのがあったの（※注「フラワーアクション009ノ1」）。彼女たちが正義の味方なんだけど。由美かおるとか金井克子とか出てきたんだけど。知らないかな。
三谷　凄そうですね。
清水　私は入りたくてしょうがなかったの。西野バレエ団行ってみたいって思ってた。
三谷　夏木マリさんとかもいそうですよね。
清水　いそうで、いなかったですね。

三谷　じゃあ二問目に行きますよ。シンデレラで……。
清水　あなた、さっきから「じゃあ」「じゃあ」って何なんですか。クイズ、別にうまくいってないしさ。「じゃあ」って何よ？　最近の若い人って「じゃあ」とか「逆に」って必ずつける人多いけど。
三谷　言うね。
清水　あと、泣けたという時もさ、「素直に泣けた」って言うんだよね。なんでいちいち素直にってつけるのかしら。
三谷　あとは、「普通に面白かった」。
清水　そうそうそう。普通と面白いは意味が全然違うでしょ。むしろ逆だよ。
三谷　「逆に言えば」ってのもありますよね。
清水　「逆に」は沢尻エリカの「別に」よりもタチが悪いよ。いったん戻すの面倒臭いし。
三谷　「いったんコマーシャルです」はわかるけど。
清水　関係ないでしょそれ。というわけで今夜はいったんお別れです。

ついでの話〈一六タルト〉
松山市東石井一丁目に本社工場のある、株式会社一六本舗が製造する四国を代表する銘菓。一六本舗のＨＰによれば、久松家初代松山藩主松平定行公が、長崎でカステラの中にジャムが入った南蛮菓子タルトに接し、その味を賞でて、製法を松山に持ち帰ったという。

その後、久松家の家伝とされ、明治以降、松山の菓子司に技術が伝わり四国の名産となったという。屋号の由来は　創業の年である明治十六年にちなんで命名された。四国名産の柚子と白双糖《しろざらとう》のまろやかな甘さの餡を巻き込んだ柄でもおなじみ。ちなみに、伊丹十三氏は高校時代を愛媛県で過ごした縁で玉置泰社長と知り合い、一六タルトのＣＭにも出演したことがある。この時の「もんたかや」という伊予弁のコピーは話題となった。三谷幸喜と清水ミチコの大好物の一つである。

シンデレラは計算高い女ですよ。私が義母でも苛めたくなる。——清水

十二時ぎりぎりまでお城にいたのも打算的ですね。——三谷

三谷　今週はディズニーウィークとなっていますが今夜はシンデレラの話題です。シンデレラは英語では「灰かぶり」っていう意味だって知ってました？
清水　そうでしたっけ、なんかそういう話を聞いたことありますね。
三谷　シンデレラの話は覚えてます？
清水　もちろんです。あの話には私は言いたいことが沢山あります。
三谷　どこに文句を？　ガラスの靴は踊りづらいとか。
清水　ガラスの靴は確かに踊りづらいし、走りづらいです。
三谷　だから途中で靴を脱いで走ることになった。
清水　清水刑事《デカ》説では、シンデレラはわざと靴を置いていったんですよ。
三谷　あとで捜索隊が来るとわかっていて置いていったんですか？
清水　シンデレラは計算高い女ですよ。私が義母でも苛《いじ》めたくなる。
三谷　十二時ぎりぎりまでお城にいたのも打算的ですね。
清水　彼女は、お城の鐘の音で十二時だ！　って気がつくんですよね。でも実はもうその時点で魔法はとけているんですよ。

三谷　ポーンと鳴った時点で十二時だと。
清水　今はデジタルですから、ピンって鳴るじゃん。
三谷　その瞬間が十二時ですよね。
清水　だけど、昔の時計は十二時になってから鳴り始めるんですよ。だからお城の時計がポーンって鳴って「ああ大変、もう十二時だわ」って走り出しても、もうとっくに過ぎてるんですよ。
三谷　ちょっと待ってください。あれ、一発目が十二時ということなんですか。
清水　当たり前じゃないですか。
三谷　逆算して十二秒前から鳴り始めてるんじゃないの？　もうすぐ、もうすぐ、もうすぐ十二時だよってことかもしれないですよ。時報だってそうじゃないですか。「ピ、ピ、ピ、ポーン……ただ今から……」って言いますよ。
清水　それは「117」だからですよ。みんなが時計を合わせやすくするためなんです。時間といえば、除夜の鐘って幾つ鳴らす？
三谷　百八つ。
清水　と思ってたでしょ。
三谷　違うの？
清水　ああ、気持ちいい。クイズってここなんですね。自分だけが先に持つ知識の楽しさ。
三谷　うちの実家の近所にお寺があって、大晦日は鐘をつかせてくれるシステムだったんですよ。

清水　あのなまぐさんとこでしょ。

三谷　立派な正規の手続きを踏んだ除夜の鐘ですけど。そこはね、正直百八つじゃなかったんですよ。ずらっと二百人ぐらい並んでた。希望者全員つかせてくれるんですよ。誰も数えてないから大丈夫だよって。

清水　それ、いいですね。そのお坊さん、いい人だ。

三谷　ほんとは幾つなのが正解なんですか？

清水　こないだ番組見てたら、百七つ鳴らすんだって。それで十二時過ぎた時に、最後の一つを鳴らすんだって。

三谷　じゃあ、除夜の鐘の一個目というのは、かなり前なんだ。

清水　百七回分ですからね。十分前でもいいくらいだよね。

三谷　もっと前ですよ。紅白終わって、「ゆく年くる年」に映像切り替わった時に、もうゴーンって打ってるもんね。

清水　あ、そうそうそう。ずいぶんと前からついていくんですよ。

三谷　ってことはお坊さんは紅白は見ないんだ。

清水　ラジオでも紅白はやってるし、あとはワンセグでテレビ見ながら鐘をつけますな。

三谷　じゃあもし、配分を間違えたら、途中から、ゴンゴンゴンって早打ちになってくるのかな。

清水　だんだんと早めにするんじゃない？　それか鐘をつく木の棒を短くするのかも。長いから時間がかかるけど、ちっちゃいやつならゴンゴンゴンゴンつけますよ。
三谷　最後はもう競輪のジャンみたいに……カンカンカンカン！　半鐘みたい。
清水　ありがたみがないですね。
三谷　でもシンデレラの城も、除夜の鐘みたいにもうすぐ日が変わりますよって先に鳴ってたかもしれないですよ。
清水　お寺の鐘ならそうだけど、あっちは洋風ですからね。
三谷　洋風と和風で鐘も違うぞと。
清水　そう、シンデレラは洋風の代表ですからね。それなのにこの間、シンデレラの映画を観て驚いたんですよ。
三谷　ディズニーの「シンデレラ」を？
清水　若尾文子さんがやってるんですよ。
三谷　え？　実写版なの？
清水　アニメですよ。日本語吹き替え版の声を若尾さんがやってたんですけど、当時はよかったかもしれないけど、現代の子供たちが観るには、ちょっと上品すぎるというか、「お母様、何をおっしゃってるのかしら」の声が古風すぎなんですよ。
三谷　いやいや、待ってくださいよ。若尾さん、素敵な女優さんですけど。それ本当に若尾さんだったんですか？

清水　そうなんですよ。あまりに違和感があったんで、一体この声は誰だと思って調べたところ、「若尾文子ですけど、文句ございますか」だったんです。

三谷　王子の声は？　まさか旦那さんの黒川さん。

清水　そんなわけないでしょ。建築家で政治家目指したりしてたけど、声優はされてませんよ。

三谷　まあ言葉は、時代とともに変わっていきますからね。

清水　私この間、一青窈さんの芝居を観てきたんですよ。

三谷　ああ、コクーンのね。

清水　そうですよ。よく知ってますね。三谷さんはコクーンに詳しいよね。

三谷　コクーンというか、お芝居の情報は入ってきますからね。僕はコクーン派というよりもパルコ派ですけどね。

清水　それでね、渋谷の街を歩いたんですけど。渋谷ってすっかり変わったじゃないですか。

三谷　変わりましたね。

清水　もう完全に十代の街になったというか、疲れましたね。昔はもうちょっと高級というか知的な街だったような気がするんですけど。

三谷　うん、ちょっと池袋みたいな感じになってきた。

清水　そうなんですよ。それで旦那さんと歩いてて、ちょっと落ち着いて食事しようという時に、渋谷ってあんまりレストランが思いつかないのね。で、西武デパートの上に行ったらそこはわりと落ち着きがあって、大人には穴場だなと思いましたね。

三谷　渋谷は若い子向けのお店ばかりですからね。

清水　別にそういうお店もいいんだけど、若い人のお店ってさ、わりとタメ口なんだよね。

三谷　「おお、いらっしゃい。また来たんだ」

清水　それはなんか馴染《なじ》みの店みたいな感じですよ。タメ口ってあんまり三谷さんの中になさそうだもんね。

三谷　「何食べるぅ?」みたいな。

清水　タメ口というか馴れ馴れしく、「それ超かわいいじゃないですかぁ。うちの妹も持ってるんですよぉ」。ちょっと訛ってますけど。私も下手だった（笑）。

三谷　フレンドリーすぎてもね。

清水　そうなんですよ。だからその手の店には、あんまり入らないようにしてるんです。

三谷　僕も今、渋谷のパルコ劇場に通ってるので、ご飯食べにいかなきゃいけない時に選択肢がないですね

清水　どこ行ってるの?

三谷　だいたい吉野家かな。

清水　へえー吉野家に行くんだ。吉野家って全国的に接客が変わらない感じだね。どこもタメ口でもなく。

三谷　「おう、また来たの?」

清水　みたいなこと言わないでしょ。
三谷　「今日はどれにすんの？」
清水　それ吉野家じゃない。
三谷　「つゆだく？　逆に」
清水　「逆に」とか言うノリじゃないよ。
三谷　まず会話がないですからね。
清水　そんなヒマないよね。
三谷　それが僕は好きなんです。
清水　三谷さん、そういうビジネスは、パサパサ系のほうが好きなんだもんね。
三谷　そうですね。「何食べます？」ってあんまり入ってこられるのは、「ちょっと勘弁してください」ってなりますもんね。
清水　食券を買う店がいいんだ。
三谷　テーブルに黒板とか持ってこられるのもイヤですね。
清水　今日のメニューでしょ。
三谷　わざわざ目の前に置かないで。持ってこなくていいです。かかってるのを見ればわかるから。
清水　でもおたくほら、メガネかけてらっしゃるから近いほうがいいかなぁって思って、持ってきたんですけど。

三谷　なんか黒板を独占してるみたいで気遣っちゃうんですよ。「他にもお客さんいるから、僕はもうどれでもいいです」みたいにね。自意識過剰なんですけど。
清水　じゃ、途中でシェフが来て「いかがでございますか」って聞かれるのは？
三谷　もう食い逃げしたくなる。
清水　じゃ、今夜の放送はいかがでございますか？
三谷　帰らせて頂きます。

ついでの話〈シンデレラ〉
原題は、フランス語で「灰かぶり、灰まみれ」を意味する「サンドリヨン」。ヨーロッパ各地に広く伝わる民話で、九世紀の中国にも似たような話があるという。最も有名なのが、シャルル・ペローとグリム兄弟が採話して出版したもの。グリム版では小鳥がドレスをプレゼントしてくれるが、ペロー版は魔法使いが洋服を仕立ててくれるなどの違いがある。また、舞踏会では踊りづらいだろうと思うガラスの靴に関しては「vair リスの毛皮」を、「verre ガラス」と誤訳された説もある。ちなみに清水ミチコは、渋谷ジァン・ジァンで永六輔に発掘されたお笑い界のシンデレラガールである。

僕は好きだったけどな。五人囃子が好きだったな。――三谷
うっそ。五人囃子の剃り込みだけは、もうかわいそうで見てられない。
――清水

清水　さあ今夜もはじまりました、国民的ラジオ番組。
三谷　国民的番組とか、国民の妹とか言わなくなりましたね。
清水　高視聴率番組というのも最近はハードルが下がってるというよね。
三谷　紅白よりスポーツ中継のほうが数字がよかったりしますから。
清水　昔は、みんなが紅白観てたし、紅白終わった後も、民放が共同制作してて、どこ回しても「ＳＥＩＫＯ」だったよね。
三谷　「ゆく年くる年」ですね。確かにそうですよ。どのチャンネル回しても同じ映像だったんですよね。
清水　あれが嬉しかったんですけど、今はもうバラバラになったし。紅白も、観る派もいれば観ない派もいて、バラバラになってきましたね。
三谷　紅白観てますか？
清水　うん。紅白の興奮って、昔は全国のみんなが一緒のものを観てる、それでこの歌手を応援してると思うと、すごい感動的だったんですけど、今はそうでもないと思うと、自分を奮い立たせるのに必死ですよ。

三谷　大晦日や正月が昔ほど特別な日じゃないですよね。

清水　十二月三十一日の夜って三谷家は何食べる？　年越し蕎麦オンリー？

三谷　夕食は別に食べますよ。年越し蕎麦は夜食ですもん。

清水　やっぱりそうか。夕食何食べるの？

三谷　カレーライスとか。あんまり決めてないです。

清水　大晦日にカレーライスはないと思います。たぶんお母さん「あの子、覚えてないの？」って怒ってると思います。

三谷　でもご飯は普通に食べてましたよ。あ、あれだ。おせち料理の前夜祭みたいな感じだ。

清水　ああ、やっぱりね。そうそう。キッチンのほうも忙しいんですよね。でもおせち料理というのも、昔はご馳走だったかもしれないけど、今となっては豆とか昆布巻きとか伊達巻とかさ。ちょっとおかず感の足らないものだらけじゃないですか。

三谷　僕、子供の時あんまり好きじゃなかったから、お正月は食べるものなかったんだよな。

清水　私もホント言うと、今でもそうなんだけど。だから申し訳程度に、おせち買って、頑張って食べようみたいな感じですね。メインは何食べる？

三谷　まずは雑煮。

清水　雑煮はおせちじゃないし、汁物はメインにはなれない宿命があるんですよ。

三谷　じゃあ清水さんは何を食べるんですか？

清水　私？　何食べてるんだろう。
三谷　ご飯に黒豆とかっていうのもね、あんまり食べない。おかずになんないもんね。
清水　そうなんですよ。黒豆ってあれ、どういう感じで食べるのかね。お酒呑まない人とかも、ちょっと箸休めっていう感じですかね。休めばっかり。
三谷　僕にとって黒豆は、むしろ飲み物ですね。
清水　ああ、通ですね。
三谷　黒豆の汁、のどにいいって言いますよ。
清水　うわ、年寄り臭い放送になってきた。でも確かに私も好き。
三谷　僕あれがダメなんですよ。なます。
清水　ええー、おいしいじゃん。
三谷　今は大丈夫になったけど、子供の時は食べられなかったな。
清水　名前も損してるよね。もうちょっと愛嬌のある名前でもよかったね。おせちは田作りとか来年に向けてちょっとハッピーな言葉が多いのに、なますだけはさ。
三谷　何かあるんじゃないですか。なますを食べる理由。
清水　な「ますます元気に」とか。
三谷　おせちのメニューってしょせんダジャレなんですもんね。
清水　それを言うと身もふたもない。やっぱり正月は正月の、クリスマスにはクリスマスの季節感を大切にしないと。おたくってクリスマスツリー出してる？

三谷　だいぶ昔の話ですけど出してたことがありますね。でも面倒臭くて出さなくなりましたね。清水さんちは？
清水　うちも面倒臭いなって思って今年、マネージャーのタナカさんにあげましたよ。
三谷　去年ですよね？
清水　今年あげたんだよ。一月十日に。
三谷　一月十日にもらってもなあ。なんかなぁ。
清水　いやいや、「樅《もみ》の木は残った」というくらいで。
三谷　マネージャーのタナカさんもかわいそうにね。
清水　喜んでましたよ。今年のクリスマスにだって使えますからね。
三谷　陰で泣いてたよ、タナカさん。
清水　もらわなきゃいいじゃないの。
三谷　清水さんちは雛人形は出すの？
清水　出さないですね。あんまり得意じゃないというか、昔からなんか怖いんですね。
三谷　僕は好きだったけどな。五人囃子が好きだったな。
清水　うっそ。五人囃子の剃り込みだけは、もうかわいそうで見てられない。
三谷　頭の月代《さかやき》のこと？
清水　人形っぽくないじゃん。やっぱり人形って愛《め》でて楽しむもんじゃないですか。私は小さい頃からあの五人囃子はいる？って感じがしたね。雛人形もお内裏様《だいりさま》とお雛様がいればいいんですよ。
三谷　でもやっぱり揃えて欲しかったな。
清水　あなたは、心の中で家来を求めてるからじゃないですか。
三谷　僕は集団作業が好きだからだね。
清水　意外。孤独に仕事してるじゃないですか。
三谷　みんなで何かするのが好きで、芝居を始めたくらいですから。
清水　あ、ほんとだ。お芝居ってそういうことになるね。
三谷　そうそう。やっぱり五人囃子と三人官女はいないと。
清水　三谷さんも芝居じゃなくて、一回でも一人ライブやってごらんよ、私みたいに。
三谷　トークライブ？　何をやればいいんですかね。
清水　なんか漫談とか。「いやあ、そういうわけで、どうも」と言って、R－1とかに出たら。心配だけど、超観たい感じがする。
三谷　今度の「グッドナイト　スリイプタイト」でオープニング、僕の一人語りがあるんですよ。録音なんですけど。五分ぐらい一人でずっとしゃべるんです。
清水　五分も？
三谷　よく開演の注意とかって流れるじゃないですか。あれをやってくれって頼まれて。
清水　行かなくてよかった。
三谷　いやいや。以前「オケピ！」の時もやったんです。

清水　やったね。私、なんだあれはってカンカンに怒って注意しましたよね。
三谷　お芝居が始まる前の場内アナウンスは、僕が始めたといってもいいぐらいだと思うんです。
清水　そんなことないわ。あれ、みんな思いつくもん。
三谷　いや、たぶんね、僕が最初じゃないかな。
清水　お芝居はそうかもしれない。ライブではありますよ。
三谷　ライブではありますけど、舞台ではたぶん十年ぐらい前からかな。どうせやるんだったら、面白いのをやろうっていって始めたんだけど、あんまりみんなやるから、もう最近はやってなかったんですよ。
清水　そうなのよね。ちょっと懲りすぎてるのもありますよね。
三谷　どこ行っても、そんな面白くないもんね。でも今回久々にやってみようと思って。
清水　どんな風に？
三谷　普通は開演のアナウンスがあって、それからまたしばらくして本ベルが鳴って始まるみたいな感じだけど。開演五分前でしゃべり始めて、ずっとそのまましゃべって本編に入ってしまうみたいなのを。
清水　自然な感じで。すごいね。
三谷　録音の時にスタッフがいっぱいいる前でやってみたんですよ。きつかったですね。一人でマイクの前でしゃべらなきゃいけない五分間は長い。

清水　台本を読むんでしょ。
三谷　書いてあるものを読み上げるんだと面白くないから、台本というかメモ書きをしてラフな感じで一人語りっぽくやったんですけど、もうダメですね。緊張して。
清水　ああ、そうかもね。
三谷　呼吸できなくなるんですよ。
清水　私も「ちょっと清水さん一人で、五分だけお願いします」って軽く言われることがあるけど、すごく変なもんだよね。よくディスクジョッキーの人って一人でできるよね。
三谷　息を吐くタイミングがわからなくなっちゃうんですよ。吸いっぱなしになっちゃうから、もう苦しくて苦しくて。一回やってうまくいかなかったから、周りにいたスタッフにちょっと帰ってもらって、一人でもう一回録《と》り直したんですけど。
清水　うん、そっちのほうができると思う。
三谷　それだったらできましたね。でも清水さんは人がいてもできるでしょう。
清水　私も人がたくさんいるのって意外とダメなんですよ。一人だと、こんなにうまくしゃべれるのに、なんで一人いるだけでこんなにギクシャクするんだと思って、それが不思議でしたけど、最近の若い人は緊張しないでしゃべれるんだよね。
三谷　動じない人が増えましたよね。スピーチしろと言われてもみんなちゃんとしゃべれる。面白いか、面白くないかは別にして。
清水　私たちの学生時代、面白いと言われてたタイプって、授業中に面白いことやっても、

三谷　すぐ元に戻されるじゃないですか。

清水　「おい、何やってんだ！　授業中だぞ」「また清水か」とか言われてたんですよ。ところが芸能界は、どんなにふざけても誰も「授業だぞ」って戻してくれないんです。

三谷　逆にもっとやれ！　ってけしかけますよね。

清水　いつまでもふざけてなきゃいけないのって、意外とつらいんです。そういう時に、人は芸能界でとまどったりすると思うんですけど。

三谷　なるほど。

清水　その壁を乗り越えるのが大変だったんですけど、今はそればかりか、お笑いの学校があるじゃないですか。

三谷　吉本とかね。

清水　まずみんなの前でふざける練習をして、土台作って人前に出るんですよ。だから動じない。どうですか、この清水ミチコ論？

三谷　なるほど。それだ。

清水　三谷さんも、まずはＮＳＣに入学してみてください。

ついでの話〈「オケピ！」のナレーション〉

二〇〇〇年に青山劇場他で上演され、二〇〇三年に再演された三谷幸喜初のミュージカル。

トークの中に出てきた館内アナウンスは、前説、休憩、終演の三回あり、それぞれ三谷幸喜がくすぐりの多いナレーションを担当。たとえばオペラグラスの貸出については「あげるつもりはない。持って帰っても大していいことはありません」とか、「一幕の感想は二幕が終わってから語り合うように」、「これ以上、残っていても何もいいことがありません。もう帰ってくれ！　頼む！」などなど独特のトーンの三谷節に場内からは苦笑が漏れた。なお、このナレーションは高田文夫責任編集「笑芸人ｖｏｌ・15」号（白夜書房）の付録ＣＤに収録されている。

一見悪人、しかし、ＢＵＴ！　いい人でバットマン。――清水
バットマンも黄金バットもコウモリのバットですけどね。悪いはバッド。――三谷

三谷　この間ＤＶＤで「ダークナイト」観たんですよ。
清水　あ、あれ面白かったよねえ。
三谷　観てたんですか？
清水　ただ、前作の「バットマン」は観てないんだ。
三谷　あいつはよかったですよ。ジョーカーは。でも、映画自体はどう観ていいのかがわからなかった。
清水　ヒース・レジャーがジョーカーでしたよね。
三谷　前作は、ジャック・ニコルソンがやったじゃないですか。あの時のバッドマンは、ティム・バートンだから、世界観がすごい不思議な国の話だったでしょ。
清水　そうなんだ。
三谷　だからあの白塗りの悪人が出てきても、違和感なかったけど。今回のは全体的にえらくリアルじゃないですか。
清水　はいはい。

三谷　なのに、バットマンとジョーカーだけ変な顔で出てくるから違和感がありましたね。だって、あんな顔の奴は普段歩いてませんもん。
清水　ああ、そうなの。
三谷　元々テレビでやってたバットマンは、もっと漫画チックで、ほんとに向こうのアメリカンコミックみたいなやつだったんですよ。
清水　そっちは観てましたよ。
三谷　あそこに出てきたジョーカーって覚えてます？
清水　覚えてないよ。
三谷　むちゃくちゃ変な格好で、冗談しか言わない。
清水　ホントにジョークを言うからジョーカーなんだ。
三谷　シーザー・ロメロという渋い俳優さんがやってて、昔のアメリカの丹波哲郎みたいな人が白塗りで出てくるから面白いという感じの演出でやってたんですよ。殴った時に、「Ｂｏｍｂ!」ってテロップ出たりとか、そんな感じだったじゃないですか。あれのイメージが、バットマンってあって。
清水　あくまでもコミックね。
三谷　ティム・バートンになった時、それがすごいダークな感じになってて驚いたけど、これはこれでありだなあみたいに許せたんです。でも今回はものすごいリアリズムな世界になってきて、ちょっとね、ついていけなかった。

清水　それはね、三谷さんが少年じゃなくなったんですよ。
三谷　架空の都市、ゴッサムシティとは言ってますけど、どう見てもニューヨークじゃないですか、普通のすごいリアルな、「太陽にほえろ！」みたいな設定の中で、一人だけ浮いてるんですよ。
清水　それを言っちゃダメなんです。
三谷　だから、なかなか最初は入り込めなかった。
清水　でもさ、ヒース・レジャーの白塗りが消えていくところなんか、すごいグサッとくるものなかった？　可哀想にって。
三谷　彼はどんな少年時代を送ったんですかね。
清水　だから、親に虐待されてた可哀想な子じゃないですか。
三谷　いつから塗り始めたんでしょう？
清水　塗りは難しいんですよ。
三谷　だって学校の先生は気がつくでしょ。「お前、何塗ってるんだ」「落としなさい。洗ってきなさい」とかって。
清水　可哀想だと思って見て見ぬふりをしたんですよ。そんなにケチつけたいんですか。
三谷　いや、僕は好きですよ。だから最後まで楽しく観たんですけど、「ダークナイト」は夜のナイトだと思ってたら、最後の最後にこっちのナイトだったのかってことね。
清水　そうだったっけ？　騎士のほうのナイト？

三谷　「探偵！ナイトスクープ」のナイトですよ。
清水　え？　「探偵！ナイトスクープ」も騎士のほうなの？
三谷　Kがついてる。Ｋｎｉｇｈｔですよ。
清水　図々しいなあ。あの番組には騎士一人もいないじゃないですか。
三谷　どうしてですか。難問をみんなで解決するじゃないですか。
清水　私、夜に放送するから絶対にNから始まるほうのナイトかと思ってた。
三谷　そうそう。なんか間違えられやすいって、スタッフがおっしゃってた。
清水　間違えられやすいも何も。ひどい話ですね。その疑問を今度番組で特集してもらいたいですよ。おばちゃんにインタビューしてご覧よ。みんな怒りだすから。
三谷　「ダークナイト」も騎士のほうです。
清水　そうか、そうか。でもなんかね、ヒース・レジャーって人ってさ、ちょっとおかしみがあるっていうかさ。ひどい残虐な悪役なのに、ちょっとユーモアがあるというかさ。
三谷　立ち姿とかも、ちょっと愛嬌がありますもんね。
清水　特に若くして亡くなっちゃったから、余計になんかグッとくるのかな。
三谷　鈴木京香さんに「もしジョーカーとバットマン、二つオファーが来たら、どっちやりたいですか」って聞いたんです。
清水　そりゃ誰だってね、ジョーカーでしょ。百パーセントの人がそうよ。
三谷　京香さんはね、バットマンだって言ってた。

清水　京香さんらしいなあ。
三谷　清水さんは、ジョーカー？
清水　絶対ジョーカー。百対一……九十九対一でジョーカーでしょ。だってバットマンは、顔の演技なんてできないじゃんね。
三谷　被《かぶ》ってますからね。
清水　はっきり言わないで。確かに被ってますけど。
三谷　でも「バットマン ビギンズ」からクリスチャン・ベールがバットマンやってるんだけど、なんかあんまり魅力的じゃないんですよね。
清水　私、ちっちゃい頃観てたバットマンの中では、バットマンに子分みたいなのがいて。
三谷　ロビンね。
清水　ロビンだ。ロビン、かっこよかったですよね。ドジなんだけど。
三谷　ちょっとチープなね、マスクだったですけどね。
清水　ロビンは今はストーリーから抹殺されてるね。
三谷　前の前のバットマンに出てたのかな。
清水　そんなに観てんだ、バットマン。
三谷　バットマン、ずっと観てますもん。
清水　しかもさ、バットって悪い奴って思ってなかった？　バットマンっていう音楽からさ。「バットマーン♪」というから、どんなに悪い奴なんだって。

三谷　黄金バットは何のバットだ？

清水　あいつも、よくあんなルックスで愛されたね。「ハハハハッ」って急にさ、骸骨《がいこつ》みたいな人が現れても、正義の味方には見えないし、憧れにくいよ。

三谷　骸骨だもんね。

清水　あれ、どう考えても悪役なのに、当時はみんな夢中になったでしょ。全然大物じゃないしね。一見悪人、しかし、ＢＵＴ！　いい人でバットマン。

三谷　バットマンも黄金バットもコウモリのバットですけどね。悪いはバッド。

清水　そうだそうだ。わかりにくいもんですね。

三谷　金属バットはわかります？

清水　なんとなくは。

三谷　コウモリじゃないですよ。

清水　我々のトークはバッド（ＢＡＤ）ですけどね。

三谷　じゃあ「アットワンス（ａｔ　ｏｎｃｅ）」はわかります？

清水　なんだっけ？　なんか英語の授業でよく出てきたよね。「とうとう」とか。

三谷　アットラスト（ａｔ　ｌａｓｔ）じゃないですよ。アットワンス。

清水　なんだっけ。

三谷　「すぐに」とか「ただちに」という意味らしいんですけど。そういう名前のフリーペーパーがあるんですよ。

清水　「すぐに」もらえるんですね。
三谷　こういうふうに言葉が出てこないって増えましたよね。この間も、うちの奥さんと夜中に話をしていて、言葉が出てこなかったんですけども。
清水　印鑑を前に置いて？
三谷　離婚するとか、そういう話？
清水　違うんですか。
三谷　違いますよ。もっとアットホームないい話ですけど。「こうやってずっと起きてることを何て言うんだっけ？」って話になって。
清水　オールナイト的な。
三谷　世直し、じゃなくて、あれ、何だっけ？　って。
清水　ずっと起きてる……徹夜？　夜なべ？
三谷　二人ともわからなくて、長生きじゃなくて、あ、夜更かしだって出るまで二人で五分くらいずっと悩んだんですよ。
清水　あの家の二人、世直しするからねって、うっとうしい。
三谷　歳を取っていくというのは、こういうことなのかなと思いましたね。
清水　そうですよ。私もパッと突っ込みたいのに、何だっけ？　単語が……ってことでアップアップ、そしてシーンとすることしょっちゅうですね。
三谷　出てこない時は落ち込みますよね。

清水　落ち込みます。だから、一人で歩いてる時も、しょっちゅう目に見えたものを名詞化していくとかね。英語化していくとか、脳みそ動かしてないと。

三谷　大事なことかもしれない。

清水　人間、どっか自分だけは大丈夫じゃないかと思ってるじゃないですか。それがもう始まってるんですから。

三谷　それで「アットワンス」なんですけども、そういう無料配布の雑誌があって、その表紙用の写真を撮ったんです。

清水　この間の「プレジデント」みたいにまたかっこよく撮ったんでしょう。

三谷　操上（和美）さんという、すごく有名なカメラマンの方が撮ってくださったんですけど。やっぱり指示の仕方が違いますね。

清水　どんな感じ？

三谷　水が入ったガラスのコップを持ってくださいって言われて、持つと「その水を見つめて」。

清水　意味深な写真になりそう。

三谷　「科学者のように」

清水　ああ。そう言われたらやりやすいかも。

三谷　やってるうちに、だんだんと自分が科学者のような気がしてくるんですよね。追究する思いがどんどん募ってくる。

清水　思いこみ激しいですもんね。
三谷　福山雅治のようになっていくわけですよ。そして「ちょっとメガネ外そうか」みたいになって、僕、人前で絶対メガネなんて外さないんですけども、なんかちょっとやってみるかみたいな感じになってくる。
清水　熟女ヌードみたいな感じですかね。
三谷　下手したら全裸になってた危険性すらありましたね。幸いメガネを取っただけで済みましたけど。そのままいくと、なんか脱いでもいいって気になるくらいでした。
清水　モデルさんに、カメラマンの作品になりたいと思わすことが一番のテクでしょうね。
三谷　そういう経験はありますか。
清水　ないです、ないです。
三谷　写真集は？
清水　写真集は出しましたよ。顔マネですけど。
三谷　顔マネは脱ぐというより、他人の顔を被る感じですもんね。
清水　私は写真集で脱いだことはないけど、この番組ではいつも心はヌーディですよ。それではおやすみなさい。清水ミチコでした。

ついでの話〈At Once〉
東京都内で無料配布されていたフリーペーパー。大手旅行会社ＪＴＢの出版子会社「ＪＴ

Bパブリッシング」により二〇〇八年の九月一日に創刊。「大人の男の知性、理性、感性を刺激する」をコンセプトとし四十～五十代の男性を対象に幅広い分野の記事を掲載。毎号1テーマの特集を組んでいるが、話題となった三谷幸喜特集（正式には映画特集）は二〇〇八年十二月に発行された第四号。巻頭インタビューの他に、ベテラン映画監督のインタビュー、若手映画監督へのアンケート、評論家やプロデューサーによる状況分析の論考などが掲載された。

乗降者数が多い首都圏の主要駅構内の他、東京都内の大手書店やＪＴＢの支店など合計百五十カ所で十万部を配布していたが第八号をもって休刊。店じまいも「At Once」であった。

じゃあ白クマと黒クマはどっちが軽い？——清水
軽く感じるのは白クマですけど、強いのも白クマですよ。——三谷

清水　人って考えごとする時にほとんどの人が腕組むんだって。
三谷　まあ確かにね。それ以外に何をすりゃいいかという。
清水　腕の置場にさ、ポッケなんかあると、割と便利なんだよね。
三谷　そうですね。
清水　ブラッとしててもいいのに、なんで腕組みをするかって問題をテレビ番組でやったんですよ。ある五人には腕組み禁止。ある五人には腕組みしてくださいって言って計算ドリルみたいなのをパッとさせました。そしたら、もう断然、腕組みしたほうがスピードアップ、そして正解率もアップだったの。
三谷　へえ、そうなんだ。
清水　なんでかわかる？
三谷　いいえ。
清水　早いよ。もうちょっと悩んだりしてよ。自分が出す時はさ、「じゃあ、クイズね」ってイキイキするのに、答える側になるとさ。
三谷　腕を組むことが、ちょっと知恵の輪みたいな感じになって頭を活性化するんですかね。

清水　なるほど。全然遠います。正解は心臓を守るんだって。
三谷　ああ、わかる気がする。
清水　体のことはもう心配ないって、脳が安心することで集中するんだって。
三谷　じゃあ、あれは腕組みじゃなくて、自分で自分をはがい絞めしてるって思えばいいのかな。
清水　そうそう。そうやって自分の首を絞めててください。
三谷　清水さんは、テレビで観た話をラジオでするのはやめようと言ってたのに。
清水　他人のふんどしで相撲をとるのがだんだん楽しみになってきたんですよ。じゃあ二問目にいきますよ。引越し屋さんでは、よく白いダンボールを使います。
三谷　白いダンボール。ありますね。
清水　地球のこととか考えたら、普通のダンボールの色でもよさそうじゃないですか。
三谷　あれは、わざわざ白く塗ってるんだ！
清水　塗ってるんだ！　とか、司会者に対してあんまり軽々しく、タメ口で言うのやめてくれる？
三谷　清水さん司会者だったんだ。はい、すみません。もう一回お願いします。
清水　今は公私を別にしてくださいよ。引越しの時に、白いダンボールが使われている理由は何でしょう？　正解者十数パーセントだったかな。
三谷　わかる人いるんだ。

清水　うん。いることにびっくりするような答えですよ。
三谷　あれが赤だったとしたら、どうなったかということを考えればいいのかな。
清水　そういう発想ですね。いいところついてます。
三谷　さっぱりわからないね。
清水　これ、絶対無理だと思いますね。降参ですか。
三谷　引越しって、いろんな状況があるじゃないですか。トラックに積んでる時とか、新しい家に持っていった時とか。
清水　どちらにも関係あるかな。白だとメリットがあります。
三谷　手垢が目立つってことじゃないんだよね。
清水　もう時計がチッチチッチッって言い始めてますよ。
三谷　なんだろうなあ。暖色、寒色とか、そういうの関係あります？　色の。
清水　関係ありますね。
三谷　新しい部屋に白い箱を置いた時に、部屋が引き立つ。
清水　で、いいですね。
三谷　違う、違う。関係ないもん、片づけるんだから引き立たなくていいもの。
清水　答えはなんと、引越し業者さんが白だと軽く感じるんだって。すごい意外でしょ。
三谷　へえーっ。
清水　家電も白が多いじゃないですか。白って軽く感じて、持つ気になるんだって。

三谷　意外ですね。
清水　人って、錯覚のまんま力を出せるんだね。真っ白なボックスと真っ黒なボックス。どっちが重い？　っていったら、黒のほうが重いような感じがするもんね。
三谷　それに近いけど、昔から納得できない問題があって、「鉄百キロと綿百キロ、重いのはどっち」と言われたら。
清水　だからそれは今の私の白と黒の問題と同じで、鉄のほうがやっぱり重いんですよ。
三谷　答えはどっちも同じっていうけど、どっかでそんなわけないだろうという思いがあるんですよね。
清水　あれはね、百キロって単位が、もうついていけない数字なんだよね。百キロの鈴木京香と……鈴木京香さんって私たちにえらい、オモチャにされてるよね。
三谷　百キロの鈴木京香と、何？
清水　百キロのビートルズ。四人かよ。
三谷　百キロのビートルズって、一人二十五キロってことですか。
清水　痩せてるんだけど、ビッグじゃん。
三谷　どっちが重いか。難しいな。
清水　どっちが重いかといったら、なんか鈴木京香さんのほうが重い感じがする。
三谷　そうかなあ、どっち運ぶかっていったら、鈴木京香さん運ぶなあ。
清水　それはビートルズが四人いるからなんだよね。綿でもそうですけど、面積が多いほう

三谷　が、軽く感じるんじゃないですか。
清水　百キロの鈴木京香と綿百キロは？
三谷　鈴木京香さんのほうが重そうかな。
清水　僕らイメージで綿百キロって普通に言ってるけど、綿が百キロもあったらきっとものすごい大きいんですよ。
三谷　うん、東京タワーぐらいあるかもしれない。
清水　そうすると、チリや湿気なんかも含むから実は二百キロくらいになってる可能性だってあるんですよ。
三谷　じゃあ白クマと黒クマはどっちが軽い？
清水　軽く感じるのは白クマですけど、強いのも白クマですよ。
三谷　黒のほうが強そうじゃん。白クマと黒クマ、戦ったら白が負けですよ。白旗って感じするもん。
清水　ほんとは強いんだけどね。
三谷　三谷さんの言葉に「クマには気をつけろ」ってありますよね。猫の顔の筋肉が一だとすると……。
清水　猫が一なら犬は十。猫は表情が読みづらい。
三谷　だけどそれより少ないのがクマ。
清水　うん。口がすっぱくなるほど言いますけど、クマの表情は読めないよ。ほんと、気をつけたほうがいい。

清水　クマってきょとんとしたメルヘンな顔で、ズンと襲ってきそうだもんね。

三谷　そうそう。パンダもそうです。

清水　パンダは可愛いでしょう？

三谷　パンダもホント怖いよ。パンダの目ほど嫌な目はないっていうし。

清水　動物なんて似たようなもんじゃない。

三谷　パンダの目は特に眼光鋭いですよ。

清水　笹しか食べないのに？

三谷　ホントに笹だけかどうかは怪しい。イメージにとらわれちゃ危険です。

清水　イメージが違うといえばこの間、松たか子さんのお父さんとお兄さんが出てる歌舞伎を観てきたんですよ。

三谷　松本幸四郎さんと染五郎さんのことですか。

清水　そうそう。その二人です。不思議だったのが、歌舞伎って疲れないんですよね。

三谷　うん、長時間なのに時間の長さを感じない。

清水　お芝居は役者さんたちの「どう、私を見て」というメッセージが伝わってくるけど、歌舞伎ってそれを殺してるというかさ、「俺じゃなくて、伝統を見て」みたいな感じなんです。

三谷　そうなんです。パルコで歌舞伎をやった時に教わったんですけど、僕らは江戸時代か

清水　ら続いてる時間を見るわけですよ。芝居も宝塚も、やっぱり「私を見て」という人がズラーッなのに、幸四郎さんのほうは、「幸四郎でございますよ」という感じがあんまりしないね。

三谷　歌舞伎は弁慶を演じている松本幸四郎を見る。その後ろの伝統を見る。なんかそういう感じなんですよね。じゃあここで問題出しますよ。

清水　どうぞ。

三谷　パルコで歌舞伎の演出をした時に、知ったことなんですけども、歌舞伎の下座《げざ》音楽ってあるじゃないですか。

清水　下座って何？

三谷　舞台上で演奏する人たちです。

清水　ミュージカルだとオーケストラピットね。

三谷　映画音楽でもそうだけど、そういう音楽と、歌舞伎の音楽は使い方が違うんですよ。

清水　譜面がない。

三谷　いや、譜面はあるんじゃないかな。ヒントは曲の使い方ですよ。

清水　指揮者がいない？

三谷　正解を言いますよ。普通は例えば感動した時に曲が流れるじゃないですか。

清水　うん、いいシーンになると流れたり、緊迫する時に流れます。

三谷　歌舞伎は全く逆なんですよ。普通の時に曲がずっと流れてて、決めのセリフとか大事なシーンになったら、曲がフッと終わるんですよ。

清水　ええーそうだっけ？

三谷　音のないところで決めゼリフがくるんですよ。つまり強調の仕方が全く逆。

清水　この間観たのは「ととさまと別れるのはイヤじゃ、イヤじゃ」という場面があったんですけど。そこがメチャクチャ泣けたんですけど。

三谷　子供が言うんですよね。

清水　確かにその場面に曲はなかったかもしれない。役者さんたちってマイクはついてるの？　それとも舞台にマイクがあるの？

三谷　どうなのかなあ。ちょっとわからないけど。

清水　イヤホンガイドを聞いたことはある？　あれもさ、人によって全然違うんだね。あのガイドは生でやってるの？

三谷　いや、生じゃないと思うよ。

清水　その割にはぴったりすぎるんだよね。「今、身づくろいをしております。これは歌舞伎独特のもので」とかいう解説が、役者の動きとぴったりなの。

三谷　もしかすると誰かがスイッチングをしてるのかもしれないね。

清水　初めはすごく日本語がきれいな男性の声で、聞きごたえもあったんですけど、二幕目になると声が女の人に変わって。彼女も聞きやすいんだけど、割と淡々とやってるって感じだったんですよ。

三谷　最近、美術館などでもイヤホンガイドを導入してますよね。あれね、一回やってみたいんです。清水さんと僕とで「爆笑イヤホンガイド」みたいなの。
清水　ああ、やりたいね。面白そう。
三谷　デタラメばっかり言うんですよ。
清水　この放送をお聞きの美術館の皆さん、ぜひご連絡ください。

ついでの話〈イヤホンガイド〉
一九七五（昭和五十）年、久門郁夫氏が朝日新聞社、文化庁、郵政省（現 総務省）などの協力を得て開発した舞台解説システム。劇場内に簡単なアンテナを張り、観客側は貸し出された小型のイヤホンつき受信器で、舞台を観ながら同時解説放送を聞くことができる。解説の内容は、舞台の進行に合わせた「物語の歴史や背景やあらすじ」だけにとどまらず、「演劇独特の約束事」「俳優の紹介」「役どころ」「なじみの薄くなった言葉や習慣」「楽器や唄の説明」「大道具・衣裳・小道具の名前や意味」など初心者から上級者も楽しめる内容。タイミングよく聞こえてくるため、リアルタイムでガイドをしていると思う人もいるが、実は録音。ただし、経験豊富な解説陣が、手を替え品を替え、腕によりをかけて毎月収録するので、たとえ同じ演目が再び上演されても、解説者や解説内容は変えている。

世志凡太と浅香光代といえば、もうね。ゴールデンカップルですから。
――三谷

知ってた？　素敵な名前ですよね。ホントにセシボンですね。――清水

清水　今日は手みやげを持ってきました。

三谷　今スタジオのテーブルにあるのは「浅香光代人形焼」。浅香さんの大きなイラストが書いてあって、「ミッチー食うか食われるか！」というコピーがすごいですね。

清水　（浅香光代のモノマネで）「食べてごらんよぉ」

三谷　それ浅香さんの真似？（と言いつつビリビリッと破る音）

清水　ちょっとお。なんできちんきちんと破れないの？　いつもビリビリに破るじゃん。糊の気持ちになってごらん。

三谷　違いますよ。僕はやっぱりラジオ職人のプロとして、開ける音を聞いて欲しいという。（ビリビリ）

清水　そんなに音をたてたら、どんだけ大きい箱で届いたんだろうと思いますしね。たかだか十二個入りですよ。

三谷　いつもいつも差し入れありがとうございます。これすごいですね。浅香さんのお顔が十二個並んでらっしゃいますけど。

清水　人形焼の中身がお顔なんだ。すごいね。浅香先生よくＯＫしたね。
三谷　これすごいなあ。最初干し柿かと思いましたけど。
清水　干し柿じゃない。まあちょっと似てますけどね。しかも浅香先生が目つぶってるじゃないですか。
三谷　あれかな。顔の型を取ったのかなあ。なんで目つぶってるんだろう。
清水　それはやっぱり、目が開いてると食べにくいからじゃないですか。偉大な浅香先生がこっちをにらんでらっしゃると。たい焼きですら、尻尾のほうからとか言う人がいるんですから。
三谷　そうですよ。僕は子供の時に、ちりめんじゃこが食べられなくて。
清水　それ前も聞いたけどホントなの？
三谷　実話ですよ。目が怖かったんです。だから親に取ってもらってましたもん。
清水　ちりめんじゃこの目って取れるわけないじゃん。針？　ピンセット？
三谷　目だけほじくったわけじゃないですよ。上半分、頭だけ取ってもらって。
清水　甘やかしですね。だからこんな子になっちゃったんですよ。お母さん。（と、言いつつ食べる音）
三谷　え、今食べるんですか。浅香焼き。
清水　違うんですよ。どういうふうになってるのかなと思って。やっぱ目をつぶってるとちょっと雰囲気が。

三谷　ご成仏された感じ。
清水　なんてこと言うんですか！
三谷　これはちょっと人気出るかもしれないですね。
清水　そうですね。気になる方は、私のブログをぜひ見てください。浅香先生の人形焼の写真が載ってますんで。
三谷　新製品なのかな。
清水　さあ。でね、なんで行ってきたかと申しますと、私は雑誌「スコラ」で。
三谷　僕らの中で「スコラ」というとエロ雑誌ですけど、今もずっと続いてたんだ。
清水　そうです、エロ雑誌として席巻したんですよ。でも「スコラ」が方針を変えていきたいということで。私のところに依頼がありまして。
三谷　熟女方面に転換を。
清水　と言いたいんですが、熟女じゃなくて、お笑い方面でいきたいというので、じゃあ私も面白写真をやりましょうって連載を引き受けたんです。
三谷　全然知りませんでした。
清水　いざ始めてみたら、私以外はヌードばっかりでビックリしてるんですけど。
三谷　女性には買いづらいかもしれないね。
清水　エロ以外だと私と鳥居みゆきさんが連載しているんですけど。
三谷　清水さんのはどんな連載なんですか？

清水　いろんな顔マネ作品とか、溶け込み作品なんかを掲載させてもらってるわけ。そこで一度浅香先生の公演に溶け込ませて頂きたいとリクエストしたんですけど。編集者がお願いしたらOKを頂きまして。
三谷　そうか。溶け込みシリーズですね。
清水　それで行ってきました。まあ、泣けますよ、これ。
三谷　ちょっと待って。どこに溶け込んだってこと？　舞台に立ったの？
清水　舞台終わりまして、お客さんがはけました。それから私が男衆のメイクをして舞台に上がったんです。
三谷　大衆演劇メイク？
清水　そう。浅香さんを追い詰めるやくざな男たちに私が交じって。「おい！てめえ」
三谷　いい経験ですね。
清水　溶け込みシリーズはさりげなさが大切だから、浅香先生には何回も「私は目立たないほうがいいんです」って言ってるつもりなんだけど、それがなかなか聞き入れられない。
三谷　ホントは隅っこにピタッといるのがいいんですもんね。
清水　「あんた、もっと真ん中に来な！」とか、「そんな動きじゃ切れねえ」みたいな。
三谷　女座長ですからね。気風《きっぷ》のいい感じで。
清水　そうなんです。しかも、最後に私を叩き斬って、「そこに伏せて」っておっしゃるから私が伏せるじゃん。そしたら私の背中に足をポンと乗せて、ちょっと見得《みえ》を切ってましたからね。
三谷　溶け込んでないですね、しゃしゃり出てますよ。まあ大衆演劇では足を乗っけるのは決めポーズですけど。
清水　足って、あんまりじゃないですか。どんな悪人とて人間ですよ。
三谷　桃太郎だってね、最後は鬼の上に乗っかってますもんね。勝ったぞって。
清水　でも大衆演劇は素晴らしいですよ。三谷さんにもぜひ観てもらいたいです。
三谷　日本人のDNAを刺激する何かがありますよね。
清水　私は、ちょっと溶け込みに行っただけで、そんな芝居を楽しもうなんて気はなかったんですけど、拝見したら、もうさめざめと泣いてしまいまして。
三谷　泣いたんですか。
清水　子役がすごいかわいいんだよね。「ちゃんっ」って言うんだよね。
三谷　そういう話なんだ。
清水　もう正月公演も終わったから、ストーリーをしゃべってもいいかな。
三谷　いいよ。
清水　浅香先生がお書きになったんですよ。
三谷　大衆演劇はね。作、演出、主演が座長。初心者にもわかりやすくお願いします。
清水　浅草駅で降ります。

三谷　そこからですか。
清水　まずゴロゴロ会館というところに行くんです。
三谷　ゴロゴロ会館？
清水　浅草は雷おこしが有名じゃないですか。で、雷だけにゴロゴロってつけたらしいんですよね。数字で「５６５６会館」というところで、浅香先生はいつも公演をなさってるんです。で、まずお芝居の前に挨拶が二十分、三十分ぐらい。
三谷　挨拶？
清水　座ってると、ライトがちょっと薄暗くなって、またパッとつくんですよね。つまり客電はつけっぱなし。
三谷　ああいうところはね、客電つけとくんですよね、寄席もそうですけどね。
清水　なんで、なんで？
三谷　やっぱり一体感があるのかな。
清水　そうか、そうか。でも緞帳《どんちょう》は下りてるんですよ。客席後方から、わりと恰幅《かっぷく》のいい男の人がズンズンズンとやってきて、「今日はようこそいらっしゃいました」。
三谷　客席で？
清水　ステージを背中にしてという感じ。校長先生のお話みたいな感じで「浅香光代一生懸命頑張っておりますんで、ひとつよろしくお願いします。特に今日は〇〇スーパーの社員旅行の皆さん、ようこそおいでになりました」とかって。「この間はこういう有名人が観に来たし、永六輔さんも先日いらっしゃって」なんて言って。「そういうわけで、今日はごゆっくりお楽しみください。私、世志凡太でした」

三谷　旦那さんじゃないですか。

清水　よく知ってますね。

三谷　世志凡太と浅香光代といえば、もうね。ゴールデンカップルですから。

清水　知ってた？　素敵な名前ですよね。ホントにセシボンですね。

三谷　フランス語のセシボンから命名して世志凡太。昔芸人さんだったんですよね。

清水　なんで覚えてるの？　テレビで？　寄席に行ったの？

三谷　いや、テレビかな。もうホントちっちゃい時ですから、名前と顔はすごく覚えてますね。

清水　そんな三谷さんが貴重ですよ。

三谷　だって有名人ですよ、世志凡太っていったら。

清水　私の中では浅香光代さんの旦那さんということで有名なんですけど。デヴィ夫人しか知らないのに「え、スカルノさんに会ったことあるの？」みたいな感じです。

三谷　どんな芸風だったか、ちょっとそこまでは覚えてないですけど、ちょっとバタ臭い感じだったような気がする。

清水　東京ぼん太と違うもんね。

三谷　どっちが早いのかな。

清水　どっちでもいいじゃない。
三谷　世志さんって言うのかな。世志凡さん？
清水　世志凡さんは絶対おかしいんじゃない？
三谷　太が名前になっちゃうもんね。
清水　そして舞台が始まって休憩三十分。そして歌謡ショー。私がお邪魔した時は貸し切りだったんですよ。
三谷　ああ、ありますね。そういうの。僕の芝居の時もありました。
清水　その日はスーパーマーケットの貸し切りだったんですけど、スーパーの社長さんが「高校三年生」を二番までお歌いになったんですよ。それを私たちも、聞かなきゃいけない。「あ〜か〜い〜♪」。
三谷　浅香さんの歌謡ショーじゃないんですか？
清水　「この社長さんは立派な方です、ぜひ歌も聞いてください」って、浅香さんが紹介するんです。
三谷　ホントの貸し切りなんですね。バンドもいらっしゃるんですか？
清水　カラオケで一所懸命に歌うんです。
三谷　スーパーの従業員の皆さんもそれを聞かされるんですか？
清水　もう拍手喝采ですよ。
三谷　ゴロゴロ会館だけに万雷の拍手ですね。

ついでの話〈世志凡太〉

一九三四（昭和九）年一月四日、東京生まれ。本名は市橋健司。スポニチWebサイトによれば小石川工業高等学校卒業後、人気歌手・小畑実の内弟子となり、日本ジャズ界の草分け的存在「原信夫とシャープス&フラッツ」に加入。ベース奏者として活躍した。その後、司会者に転身し、フランキー堺にコメディアンとしての才能を認められ、六〇年代は「ニッポン無責任時代」などの喜劇映画に出演し、役者として活動。七〇年代は、芸能プロダクション「市橋プロ」を設立してプロデューサーとして活躍。「フィンガー5」の育ての親と言われている。九二年に女優・浅香光代と電撃結婚（未入籍）し、当時、夫婦で百十歳カップルの誕生と話題になった。二〇〇二年、コメディアンとして約四十年ぶりに舞台復帰を果たした。

松さんと浅香さんが組めば、もう最高の舞台が観られるってことですよね。——三谷

そうですね。ぜひ三谷脚本でお願いします。——清水

三谷　こんばんは。三谷幸喜です。今週は浅香光代ウィークということでやってますけども。僕、大衆演劇ってホントは観たことないんですよ。
清水　ぜひ一度オススメします。
三谷　今もおひねりとかってあるの？
清水　私の時はなかったですけど、あれはありましたよ。「浅香！」って。怒ってるんじゃないよ。
三谷　大向こうのね、掛け声でしょ。歌舞伎でもありますからね。
清水　やっぱり？「浅香」って？
三谷　掛け声ですよ。「中村屋！」とか。あれ、タイミングがすごい難しいらしいんですよ。いつ言ってもいいわけじゃないから。
清水　勇気があればいつ言ってもいいでしょ。
三谷　だって、決めポーズになる直前に「なんとか屋！」って言われたら、「んんっ」ってなっちゃうじゃないですか。やっぱりビシッと決めて一拍あって、みんながこう気持ちが一つになった時に……。

清水　「中村屋！」

三谷　「ん、中村屋！」「ん」が入るのが大切。それをやる専門の人もいらっしゃるみたいですね。

清水　やっぱり。「わたしゃいると睨《にら》んでたんだよ」（セリフ風に）

三谷　専門といってもちゃんと他の仕事持ってらっしゃると思いますけど。

清水　ちょっと待って。じゃあ他の仕事しながら、昼公演プラプラ来て、掛け声やって、ちょっとお小遣いをちょうだいってもらっていくという職業があるっていうの？

三谷　職業じゃないのか。ボランティアみたいな感じかな。

清水　ボランティアにしちゃ上手すぎるよ。カセットじゃないの？

三谷　どういうことですか。タイミングよくプッと押してるってことですか。

清水　うん。客席から聞こえることは間違いないんです。

三谷　もちろんそうですよ。一番後ろにいらっしゃるんですよ。

清水　私の時は前でしたね。

三谷　前でやってた？　それはじゃあホントに一般の人かもしれない。

清水　そういうことかな。

三谷　僕も大阪公演行くと、ある劇場で、カーテンコールになると、「ブラボー」って言うお客さんがいるんですよ。「中村屋！」みたいな感じで「ブラボー」。

清水　それは男性一人？
三谷　しょっちゅう聞くんです。最初嬉しかったんですけど、また来てるよみたいなことになって。どう考えても日本人の「ブラボー」なんですよね。フランス人が感極まった感じが全然なくて、「何だろうねえ」って思ってたら、後で聞いたら、劇場のスタッフが毎回やんなきゃいけない、規則だったみたい。
清水　ホント？　私もあやかりたい。
三谷　やりたいってこと？
清水　違うよ。「ブラボー」って言われたい。
三谷　なんかでもね、スタッフだと思っちゃうと、そんな嬉しくなかったですね。仕事で言ってるのかみたいな。
清水　ああ、そうだね。それ難しいね。「笑っていいとも！」のテレフォンショッキングで、そろそろお友達をと言われた時の「え〜〜」みたいなね。
三谷　だからね掛け声も誰に言われるかが大切なんですよ。浅香さんの芝居も一番前の人が言ったってことは、ホントに心から出た気持ちなんじゃないですか？
清水　「浅香っ！」って怒ったように言ってたけど。
三谷　ホントに怒ってるわけじゃないでしょう。
清水　前方だからこそ、興奮しちゃうのかも。
三谷　ヨーロッパのオペラでは、結構ブーイングがすごいらしいですよ。

清水　ブーイング。ほんとにやるの、あれ？

三谷　足をこうやってドンドンドンドンやる。

清水　日本だと喜んでるみたいだよね。大ウケみたいな。

三谷　「最高っ」っていう感じでしょ。向こうは違うらしいですよ。それでカーテンコールとかでも、明らかに差をつけるんだって。いい人が出てくるともう「ブラボー」で、こいつダメだなと思ったら、みんなでシッシッみたいな感じで、シーンとなるんだって。すごいあからさまらしいですよ。

清水　へえー。それ、言われた役者さんも伸びるっちゃあ伸びますね。

三谷　どうなのかなあ。僕だったら、落ちていくな、きっと。

清水　打たれ弱いからね。

三谷　自分でわかるじゃないですか。今日ちょっといまいちだったなと思って、カーテンコールで出ていって、シーンとしてたら。

清水　でもそんなこと言ったら、松たか子の横にいる人はみんないなくなるもんね。松さんの時は、みんな「ブラボー」って言うじゃん。

三谷　いい時はね。

清水　松さんに悪い時なんかないでしょう。あのプロ意識、いつも完璧ですよ。

三谷　そんなことないですよ。松さんだって、そりゃ体調不良の時だってあるから。

清水　そんな子じゃない。

三谷　僕のほうが松さんよく知ってると思いますよ。

清水　体調不良だとしたら、あの子は体調から治す子ですよ。ホントに真面目なんだから。

三谷　まあ根性はありますけどね。

清水　しかもね、この日体調悪いなと思ったら、誰かをスタンバっとく子ですよ。あの一家はそうですよ。なんならお母さんが出る。そういう親子愛の一家ですよ。

三谷　松さんと浅香さんが組めば、もう最高の舞台が観られるってことですよね。

清水　そうですね。ぜひ三谷脚本でお願いします。

三谷　清水さんがご覧になったのはどんな話？

清水　そうでしたね。私説明するのがあんまり上手じゃないんですけど、頑張ってついてきてね。股旅物《またたびもの》でございます。

三谷　ディテールが大事ですからね。

清水　カン、カン、カンカンカンカンカーン。

三谷　そっからですか。幕が開くとこから。

清水　永谷園が開いたと思ってください。

三谷　定式幕ですね。

清水　ジョウシキ幕？　何、それ？

三谷　あの幕のことです。

清水　常識なの？　あれ。

三谷　常識、非常識のあれじゃないですけど。定かな式の幕です。まぁいいです。永谷園が開いていきました。柝《き》の音が鳴ります。

清水　するとそこには旅館があるんです。

三谷　江戸時代ですね。旅籠《はたご》みたいな。

清水　そう、旅籠には、赤ちゃんを産んだばかりのお嬢さんがいらっしゃるんです。そのお嬢さんは、どうも好きな人のお子さんを産んだのに、その男がどっか行っちゃったもんで、神経を病んでしまったんです。そこへ、お人好しの股旅者の浅香さんが登場します。

三谷　お人好しなんだ。

清水　優しいんだよ。旅籠の人も「どうもこの男がホントのお父さんじゃないか」ってことで、怪しみだすんです。で、しょうがねえということで、赤ちゃんを連れて、旅が始まるんですよね。

三谷　それはおかしいでしょう。

清水　ちょっとうまく説明できないんだけど、観てると、なるほどなんです。

三谷　お嬢さんも一緒に行くの？

清水　お嬢さん行かない。「あんたの子だろう」みたいなことになっちゃって押しつけちゃうんです。

三谷　ちょっと寅さんみたいだね。「しょうがねえや。俺がおとっつぁんになってやるよ」

清水　そうそうそんな感じ。それで赤ちゃんも泣いたりとかして大変なんですけど、寒い日なんかもね。おむつ替えなきゃいけない。
三谷　相当いい人だな。
清水　それで時は経《た》ち、大きくなりました。五歳くらいの男の子が登場して「ちゃん」とか言うんですけども、ホントにかわいらしいんですよ。声も明瞭だし、この子はいい役者さんになるなという感じなんですけどね。二人が旅を続けてるうちに、旅籠に戻ってしまいました。
三谷　何年もずっと回ってたんだ。
清水　そうそうそう。なんのためにとか聞かないでよ。
三谷　行くあてもない旅がらすでござんす。
清水　そうです。北風小僧の寒太郎ですよ。
三谷　風の向くまま。
清水　気の向くまま。
三谷　子供は、「ちゃん」をお父さんだと思い込んでるんですね。
清水　うん。でも旅籠で急にみんなが謝りだして、「あの時は申し訳ございませんでした。もしや、この子は？」って驚くんです。五つだか六つだかになった子は、あの時の赤ちゃんではないかと。「ホントに申し訳なかった。実はこいつの子供だったんです」ということで、その時の旦那さんも頭を下げるんです。

三谷　ホントの父が出てくる。
清水　優しいいい男なんですけど、ちょっと気がちっちゃくて、あの時は自分で名乗り出られなかったんです、と。
三谷　それがようやく自分の子供でしたと言いだして。
清水　「申し訳ございません」って言うんだけど、浅香さんとしては「冗談じゃないよ。今頃なんだい」。
三谷　当然ですよ。
清水　手切れ金を渡したがるおばあちゃんもいるんですけども、子供のほうが「いらねえや、こんなもの」とお金を投げ返してチャリン。みたいな感じで。でもどうしても子供を返して欲しい旅籠の人たちが。
三谷　悪だくみを考えるんだ。
清水　浅香光代さんを殺そうとするんです。大きな旅館ですからね。そこにはいろんな荒くれ者たちもいて。あの親父のほうだけを殺して、子供だけを引っ張ってこようという話になったんですけども、そこで大立ち回りですよ。さつじんと書いて殺陣《たて》ですよ。
三谷　盛り上がりますね。
清水　そこできましたね、「浅香っ！」。
三谷　やっつけちゃうんだ、みんな。
清水　そうです。立ち回りをやりまして、ちゃんが勝ちます。「ありがとう。ちゃん」

三谷　子供は隠れてたんだ。
清水　そこに旅籠の人たちが現れて「申し訳ございませんでした。気の荒い若い衆が勝手にそっちに行ってしまったんで。とにかくこっちに来てください」で旅籠に戻りまして。
三谷　また戻るんだ。三回目だ。
清水　戻ったんじゃなかったのかな。ちょっとそこは記憶があいまいでござんすが。
三谷　まあいいですよ。戻ったことにしましょう。そこにはお母さんとホントのお父さんがいるわけですよ。
清水　うん。お母さんも正気に戻ってて子供にどうか帰ってきて欲しいみたいなことを言って、子供も「わかった。この人が俺のおっかちゃんだね。こっちがホントのおとっつぁんだね」と言うんです。
三谷　わかっちゃうんだ。
清水　で、ラストシーンですよ。これで別れるからって時に「おひけえなすって」って言うんですよ、子供が。もう私、鼻水から何から出まくりの号泣でさ。
三谷　今も言いながら、ちょっと泣きそうな感じですもんね。
清水　そうなんです、感激屋なんで、すみませんね。
三谷　浅香さんが子供を置いて去っていく時に、子供が「おひけえなすって」と。
清水　何言ってるんですか。浅香さんと子供が一緒に去るんですよ。
三谷　えっ、子供は残らないんだ。浅香さんと行くんだ。

清水　残らないんです。浅香さんと行きますって挨拶するんですよ。
三谷「手前生国《しょうごく》と発しまするは」
清水　そう、自分のことを生まれはなんとかかんとかって言った後で「皆さまには、お茶とお菓子をご馳走になりましたけれども、ここで失礼するでござんす」みたいなことをものすごくビシッと言うんだよね。ところが、です。幕が終わろうとする時に、浅香さんが「この子を頼む」って言って、急に子供を旅籠に預けて、自分だけ合羽をはおって走り出すんです。
三谷　三度笠をかぶって。
清水　三度笠をグイッとやって、去っていくんですよ。そこで幕なんですよ。どう？
三谷　いい話ですね。
清水　さっきの三谷さんみたいに、途中でさ、子供は残さないんだとか言うのはやめてくんない？　そういうおばさんが後ろにいっぱいいいた。
三谷　タイトルは何ていうんですか？
清水「ひとり旅」
三谷　初めからオチがわかってるじゃないですか。
清水　ホントだ。

ついでの話〈歌舞伎の掛け声〉

歌舞伎の掛け声は「大向こう」と呼ばれている。舞台からもっとも遠い位置にある観客席という意味に由来する。舞台全体が見渡せ入場料も安いので、常連の歌舞伎通たちが陣取り、贔屓《ひいき》の役者が登場すると屋号などを叫んで、役者を激励している。

誰でも掛け声をかけられるというものでもなく、Ｗｅｂサイト「ご機嫌！歌舞伎ライフ」によれば、「大向こうグループ」と呼ばれる団体が活躍しており、現在東京には弥生会と寿会と声友会の三つのグループがあるという。「屋号」の一覧もあるので、掛け声をかけてみたい人はご参考に。ちなみに「浅香光代新春特別興行」で上演された「ひとり旅」の作者は浅香光代。クラウンレコードから同名のＣＤも発売されている。

活字じゃなくて、あなたの嘘が怖いですよ。——清水

こうやってしゃべってると、嘘と思えても、活字を読むとホントに見えちゃう。——三谷

三谷　今日は「東京サンシャインボーイズ」復活の話をしますよ。僕にとって人生を左右するるとても大きな出来事なので。

清水　左右するったって、学生時代にやったのを、もう一回始めますよってことでしょ。

三谷　とはいえ、僕が今ここにあるのは、劇団があったおかげですからね。清水さんとこうやって出会えたのも。

清水　私はどんなビッグとしゃべってるんですか。

三谷　学生時代に作って、劇団自体は十年ぐらいだったのかな。解散して、解散というとちょっと暗い感じだったんで、充電にして。

清水　そうだ、そうだ。長く充電するんだ。

三谷　三十年間の充電と。実質解散だったんですけども、十五年経ったんですよ、人の話を食べながら聞いてますね、今。

清水　食べてるわけないじゃないですか。

三谷　浅香印のお饅頭を食べながら聞いてもいいですけども、もうちょっとちゃんと身を入れて。大事な話なんだから。
清水　すみません。
三谷　それで三十年の充電だったんですけども、ちょうど十五年経った今年に、僕らのホームグラウンドだったシアタートップスという劇場が。
清水　ああ、新宿の。
三谷　行ったことあります？
清水　ありますよ。
三谷　やったことある？
清水　立ったことはないです。お客さんとして行きました。
三谷　すごいちっちゃいとこですけど。なくなっちゃうんですよ。僕らは三十年後にシアタートップスでまた会おうという約束をして別れたんですけども、そこがなくなっちゃうんで、たまたま十五年目というのもあるから、一回じゃあ途中で集まろうかということになって。
清水　ちょっと待って。その「集まろうか」って言った人は誰？
三谷　相島一之。
清水　ああ、さすが。うんうんうん。
三谷　彼は熱い男ですから、友情とかそういうの大好きな人だから。
清水　そうなんだ。

三谷　僕はね、わりと低温なんで。たぶん僕からは絶対言わなかった。
清水　低温、低温、一人高温なんだね。
三谷　どういうこと？
清水　西村さんもわりと低だよね。
三谷　西村は……。
清水　頭髪が。
三谷　失礼だよ。別に三人しかいなかったわけじゃないですから。
清水　サンシャインボーイズのサンが三人ってイメージなのかな。実際は何人くらいいらっしゃったんですか。
三谷　一番多い時は三十人ぐらいいましたけど。最後の「12人の優しい日本人」というのはちょうど劇団員が十二人いたから、作った話なんですよ。だから全盛期はだいたい十二人。
清水　その中で何人ぐらい集まりそうですか。
三谷　全員集めますよ。一人死んじゃったんで、彼は無理ですけども。でも死んじゃった伊藤君もいい形で参加させようかなというふうに思ってるんですけどね。いい話でしょ。
清水　うわ。
三谷　イタコとかじゃないよ。
清水　当たり前じゃないですか。降臨してきてどうするの？　ドン引きですよ、客。

三谷　どういう形にしようか、ちょっとまだ考えてる途中ですけど。残りの全員は参加します。梶原善というのがいるんですけど、彼は同じ時期に別の舞台に立っていて、こっちが決まるのが遅かったから、ちょっとバッティングしてるんですけど、それでも何かの形で出そうと思ってます。

清水　どんな役か楽しみですね。

三谷　でも十五年前は、確かにチケットが一番取れない劇団とかって言われてはいましたけれども、かといって、大スターがいるとか、ものすごいメジャーな感じじゃないわけですよ。劇場もちっちゃいし。

清水　なるほど、なるほど。マイナーな中のトップみたいな。

三谷　そうなんですよ。俳優さんたちも、すごい二枚目とかじゃなくて、わりとバイプレーヤー的な人たちばっかりだから、どっちかというと、地味な感じだったんですけど。たまたま僕の書く本が面白かったからね、お客さん入るようになっただけで、たぶんですけどね。

清水　裸の王様がやってきた。

三谷　でも今は役者がみんな成長して、とてもいい感じになってきた。西村でしょ。相島一之でしょ。梶原善でしょ。阿南健治君とか甲本雅裕とか。

清水　あの甲本ヒロトさんの弟さんのね。

三谷　この人もこの人も、みんな同じ劇団だったんだっていうような、たぶんそんな感じになると思うんですよね。それはすごいと思うんですよ。みんなこの十五年間よく頑張ってやってきたなというね。
清水　十五年というのは十分、人を成長させるんですよ。
三谷　一人死んじゃうぐらい長いわけですから。
清水　突っ込みにくいんですけど、一人死んじゃうくらいという説明は、いる？
三谷　だって死んじゃったもん。
清水　故人の情報は今いいです。故人情報という位で。
三谷　僕としては、常に死んじゃった伊藤のことも付け加えとかないと。
清水　それを前に出されると、私も突っ込みにくいでしょ。
三谷　どんどん突っ込んでいいですよ。彼もそう思ってるはずです。
清水　確認のしようがないでしょ。
三谷　解散つながりの話なんですけど、チャゲ&飛鳥が実際どうなったのかわからないけど、お正月に解散とか解散じゃないとかって話題になったじゃないですか。
清水　そうなの？　私はブサイク女芸人と一緒にグアム島行ってたもんで。
三谷　その時に、ネットで僕がチャゲ&飛鳥にいたっていう噂が流れたんです。
清水　なんで？
三谷　どうも三人目のチャゲアスは三谷幸喜らしいっていう。それはデマなんですけども、なんでそういう噂が出たかというと、それも十五年ぐらい前に、「月刊カドカワ」でチャゲ&飛鳥特集があって。
清水　あ、読んだよそれ。なんか三谷さん出てたような気がする。
三谷　僕、飛鳥さんをちょっと知ってたんですよ。僕の初めて書いたドラマのテーマ曲が、「YAH　YAH　YAH」だったんで、それつながりで何か書いてくれって言われて、その時に僕が結構ふざけて、チャゲ&飛鳥の&というのは、僕のことだって書いちゃったんですよ。僕が学生時代、チャゲと飛鳥と三人でバンド作って、僕はアンドーナツが大好きだったから、みんなからアンド、アンドって呼ばれてて。
清水　うまい。ミスタードーナツのミスドみたいだね。
三谷　チャゲ、アンド、飛鳥でやってて。
清水　本気にするかも。
三谷　僕は脚本家になったんで、脱退したけど名前だけは残ってチャゲ&飛鳥になったと。ところが、そこまでにしとけばよかったんだけど、初期のチャゲ&飛鳥の曲は全部僕が書いたとかって。
清水　どうしてそういうこと書いちゃうの？　途中まででよかったのに。いいギャグだったのに。
三谷　そしたらすごい投書が来て。
清水　ウソつけって。
三谷　というかね。チャゲアスに対して、がっかりしたという投書。三谷さんがかわいそうだみたいな。三谷さんが作ったものを自分のものだと言って、歌ってきたなんて……。
清水　結局、どうしたんですか？
三谷　実はあれは冗談で、そうじゃないんだという文章を書いたのかなあ。
清水　謝罪文掲載ですね。
三谷　そしたら今度は僕を責める投書が、「月刊カドカワ」にもブワーッと来たらしくて。いい加減にしろみたいな。
清水　ああいう大手の会社というのは、投書が百来たら、一、二通を「ちょっとこういうのが来てましたんで、気をつけてください」って言いますからね、相当それ来てるよ。
三谷　五十通ぐらい見せてもらったな。
清水　五十通っていうことは……たぶんね。
三谷　五百通は来た。
清水　いや。二、三千は来てるでしょう。
三谷　びっくりしましたね。
清水　びっくりしたのはこっちですよ。被害者気取り顔はやめて。
三谷　みんな。こんなことはやっちゃいけないんだよ。
清水　当たり前です。
三谷　活字は怖いですね。
清水　活字じゃなくて、あなたの嘘が怖いですよ。

三谷　こうやってしゃべってると、嘘と思えても、活字を読むとホントに見えちゃう。
清水　そうなの、文章って難しいよね。
三谷　それでその騒ぎがせっかく収まってたのに、今またチャゲアス解散だみたいな話になったら、なんとなくその話を覚えてる人とか、又聞きした人たちが、得意げに「三谷もいたらしいぜ」って。それでまた噂が広がってるらしいんで、ちょっと言っとかないとなと思って。
清水　しかも三谷さんさ、真面目に否定するじゃん。いや、あれは全然嘘です、嘘です。そうすると余計怪しい感じするもんね。
三谷　ホントはいたんですけどね。
清水　ほら。やめろ。
三谷　二人とも福岡の方なんですよ。だから僕もいてもおかしくないんで。
清水　サンシャインボーイズもちょうど三人だし、そんな感じしますね。
三谷　だからサンシャインボーイズは三人じゃないけどね。
清水　今やってるコンビが昔は三人だったって、割といますよね。あのねのねとか。
三谷　ビリー・バンバンさんには、せんだみつおさんがいたんですよね？
清水　私もあれさ、せんださん、そのギャグやめたほうがいいよと思ったら、ホントにいたんだよね。白いブランコに乗ってたらしいじゃんね。
三谷　あれ、ホントなのかな。デビューする時に、「君は要らない。兄弟のほうがウケがいいから」って言われたって噂。

清水　せんださんお得意の自虐的なギャグなのか難しいところですよね。

三谷　言われた時はせんださんも悔しかったでしょうね。

清水　せんださん「いいかげんに〝しろ〜いブランコ〟」ってギャグ作ってそう。

ついでの話〈シアタートップス〉

一九八五年、東京・新宿の飲食店などが入るビル「トップス・ハウス」内にオープンした小劇場。客席数は百五十。上質の芝居にこだわり、三谷幸喜主宰の東京サンシャインボーイズを始め、劇団☆新感線や大人計画といった人気劇団が公演を行うなど、演劇界の名所的存在。

二〇〇九年三月いっぱいで閉館することが発表され、ファンに衝撃を与えた。三月十八日からは「さよならシアタートップス　最後の文化祭」と銘打たれた特別公演が開催。スペシャル企画目白押しの中、最大の注目は三十年間の充電期間中のはずだった「東京サンシャインボーイズ」復活公演「returns」であった。

家の老、海老の老と書いて家老ですよ。——三谷
海老の老って書かなくても老人の老でいいんじゃないの?——清水

清水　私、この間矢野顕子さんのコンサートの楽屋にお邪魔したんですよ。
三谷　大ファンですもんね。
清水　そしたら楽屋に、矢野さんのお父さまがいらっしゃったんですよ。だから思い切って近づいていってご挨拶したんです。矢野さんのお父さん、知ってる?
三谷　知らないです。
清水　青森でお医者様をされてて、地元の学校の校医さんもされてたんですよ。
三谷　保健室のね。
清水　違う。何ていうのかな。昔は健康診断とかになるとやってくるお医者さん。
三谷　あ、そうか。来る人だ。
清水　そうそう。で、その学校にはあがた森魚さんとか、泉谷しげるさんも卒業生でいたんだって。
三谷　へえー。
清水　「あがた森魚君はね、とても泣き虫だったよ」って言ってたんですけど、それは置いといて。「矢野顕子さんのご祖先のことを知りたいんですけど、どういうお家でした?」って聞いたら、「俺んちは大したことないんだよ」っておっしゃってました。

三谷　ずいぶん単刀直入ですね。

清水　糸井重里さんが「矢野さんのお父さんというのは、ムーミン谷に住んでた人間がホントにいた!　ってカンジの人」と言ってたことがありますけど、ホントにおっとりした二枚目なんですよ。

三谷　のほほんとした、こうゆとりのある。

清水　そうそう。フワフワっとした感じの人なんですけど、「俺んちは大したことなかったんだよ。代々ただの医者なんだよ。ずっと医者の家系でさ。だけど、カミさんちはさ、すごいんだよ。巻物を持ってるんだよね」。

三谷　家系図のこと?

清水　そうそう。「あ、そうなんですか」って言って、私やっぱり日本の歴史を勉強するべきだと思ったんだけど、「あれだったたんだよ」って。

三谷　源平の末裔?

清水　家老だったんですって。会津藩の。

三谷　会津藩の?

清水　会津藩の家老で、殿の教育係だったんだって。

三谷　それはすごいじゃないですか。

清水　ところが私は「家老ってなんだー」という気持ちでいっぱいで。もっと三谷さんの話を聞いとけばよかったなぁって、ちょっとだけ後悔したもの。
三谷　清水さんが初めて日本の歴史に興味を示した瞬間を見たかったですね。
清水　家老ってなんだっけ？
三谷　家の老、海老の老と書いて家老ですよ。
清水　海老の老って書かなくても老人の老でいいんじゃないの？
三谷　まず会津藩というのは、どういう藩か説明しますよ。
清水　お願いします。
三谷　徳川家康知ってます？
清水　あんまり知らないですけど、短気な方ね。
三谷　いや、短気か暢気《のんき》かといったら、暢気のほうですけど。「泣くまで待とう」の人ですよ。
清水　待つほうか、そうか、そうか。短気は信長だ。
三谷　江戸幕府を作ったのが家康ですよ。彼に息子がいました。二代将軍秀忠。秀は優秀の秀に、忠は忠義者の忠ですね。
清水　はい。
三谷　とにかく秀忠には愛人がいまして、子供ができました。この子は正式には徳川家ではないんですけど、愛を持って育てられたわけですよ。
清水　秀忠の子ね。何て名前？

三谷　保科正之という人ですね。

清水　急に現代チックな名前になりましたね。

三谷　ちょっとはしょりますけど、この人がやがて大きくなって会津に行って、会津藩を作るわけですよ。

清水　へえー。

三谷　そのときに「いいか、お前は本当は愛人の子供だけど、お父さんはお前のことを本当に愛してくれてたからこうやって会津藩の藩主になれたんだ。だからお前はお父さんをありがたいと思いなさいよ」って周りに言われるんですよ。

清水　恩着せがましいですね。

三谷　彼はそんなふうには思わない人でしたよ。「はい、わかりました。僕は一生かけて徳川様のために頑張ります」。

清水　いい子なんだね。

三谷　名君と呼ばれた人ですからね。自分だけじゃなく生まれた子供にも「いいか。我が家は代々何があっても徳川家のために尽くさなきゃダメなんだぞ。それだけの恩を受けてるんだ」「はい、わかりました」それが代々伝わるわけですよ。うちはどんなことがあっても、徳川様のために頑張ろう。そして二百四十年経ちました。

清水　また一気にはしょりましたね。

三谷　詳しく話してもいいですけど、何日もかかりますよ。

清水　すぐにはしょってください。
三谷　そして幕末ですよ。清水さんもよくご存知の幕末になるんですけど。鹿児島の薩摩とか山口県の長州とかが反旗を翻《ひるがえ》すわけですよ、その時に……。
清水　そうだった、そうだった。
三谷　会津藩だけは「たとえ日本中が徳川を敵に回したとしても、俺たちは味方にならなくては」。
清水　そうか。そういう人間心理の歴史があるんだね。
三谷　京都が反徳川でそれこそ人斬りとか天誅とかいって、すごい荒《すさ》んだときに、誰かが立ち上がって京都を守らなきゃダメだとなって、そこで、「じゃあ、私がやりましょう」って立ち上がったのが、会津の殿様なんですよ。
清水　保科正之の、子孫ってこと？
三谷　松平容保《かたもり》。その人が筒井道隆君。
清水　歴史っていろんな名前が出るから覚えられないんだよね。
三谷　容保はね、容器の容、内容の容に、保険の保。松平容保が京都を守るんだってなった時に、浪人たちが集まってきて、「よし、お前たち、俺の手先になって頑張ってくれよ」ってできたのが新選組ですよ。
清水　ほぉ、そうでしたか。私「新選組！」観てたのにあんまりわかってなかったですね。
三谷　もう一回頭から観てみる？

清水　カンベンしてください。
三谷　結局、徳川幕府は薩長軍に負けて滅びるわけですが、それでも会津藩は徳川のためにと頑張るんですよ。で、白虎隊の悲劇が生まれるわけですね。
清水　悲劇って何ですか？
三谷　会津藩の子供たちが、白虎隊を作るんですけども。
清水　子供たちが作ったの？
三谷　子供店長よりもすごいですよ。戦争するわけですからね。
清水　松平容保さんの子供たちってこと？
三谷　いやその家来たちの子供です。ぼくたちも戦うぞ！　って山にこもるんですが、お城がね、燃えちゃったというんで、もうダメだ、僕たちもここで死のうってことになって。ホントはまだ燃えてなかったんですけども、ちょっと先走っちゃって、みんな自害しちゃったんですよ。
清水　気になるのが、火事を間違えたっていうのは、何を燃やしたの？　何かののろしと間違えたとか？
三谷　白虎隊のことは、僕より詳しい方がいっぱいいらっしゃるんであんまり聞かないで欲しいんですけど。
清水　大河ドラマで時代考証が違う！　って怒られたのがトラウマになってるんですね。
三谷　でも松平容保公は、俺は最後まで頑張るんだって明治になっても生き残るんですよ。

清水　それで何になったかというと、日光東照宮の宮司さんになったんです。
三谷　あのすごい綺麗なとこ。
清水　見ざる、言わざる、聞かざるでおなじみの。日光東照宮というのは、徳川家康公が祀《まつ》られてるところですからね。
三谷　あ、そうなんだ。
清水　そこまで彼は忠誠を誓ったという人なんです。保科正之の教えをずっと守り続けたのが会津藩なんです。
三谷　なんか切なくなる話だね。
清水　その松平容保公の教育係が矢野さんのご先祖ってことでしょう。すごいですよ、これは。
三谷　ますます矢野さんの存在に輝きが増した気がします。
清水　清水さんの先祖はどこですか。ずっと岐阜？
三谷　たぶん清水家、代々農家だと思いますけども。
清水　岐阜といえば斎藤道三ですけど、知ってますか道三は？
三谷　金森長近《かなもりながちか》の名前はよく知ってますけど。
清水　金森長近って誰？
三谷　私たち高山市民は、金森長近のお陰で今があるといってもいいくらいですよ。
清水　まったく知らない。

清水　今すぐ長近公と高山市民に謝ってください。
三谷　何した人？
清水　そんなことは知りませんけど、有名ですよ。
三谷　あ、いま資料が入ってきましたけど。金森長近は飛騨高山藩初代藩主だそうです。斎藤道三に仕えていたが、尾張統一直前では、織田信長に仕えるようになった方ですね。
清水　転職ですね。
三谷　織田信長に仕えて、信長の長をもらって長近。その後秀吉から飛騨一国を与えられ、関ヶ原の戦いでは東軍について戦い、二万石を加増され初代高山藩主となった人なんですね。
清水　いま初めて知りましたけど。そういう人なんですよ。
三谷　岐阜は元々、土岐家というのがあったんですけどね。斎藤道三が奪い取ったんです。
清水　斎藤道三はどこを治めてたの？
三谷　美濃一国。道三の娘婿が織田信長なんですけど。
清水　なんか戦国時代ってすぐ同じ人が出てくる。
三谷　織田信長は「うつけ」って呼ばれてたんですよ。
清水　うつけってなんだっけ？
三谷　うつけ者、大馬鹿者。
清水　ああ、そうだ、そうだ。ＣＭでピエール瀧さんがやってるもんね。

三谷　若い頃の信長は、ほんと裸同然な感じで遊び回ってたんです。普通一国一城の主《あるじ》の息子ですから、もっとちゃんとした格好してなきゃいけないのに、ホント暴れん坊で。

清水　ああ、なんかファンキーな感じだったんだ。三船敏郎とかが演じてもよさそうな感じだね。

三谷　まあ、そうだね。ワイルドな奴だったんですよ。でも隣の国の斎藤道三の娘と結婚することになって。道三は俺の娘婿はどんな奴だろうって、そっと見に行くんですよ。娘婿が挨拶に来るときに先回りして、ちょっと物陰からやってくる信長を見てやろうって待ってるわけですよ。

清水　面白いですね。

三谷　そしたら信長がものすごい汚い格好で、裸馬に乗って、ワイルドにバーッとやってくるわけですよ。道三も「何だ、あいつは」って驚いて、「あんな奴に俺の娘やんなきゃいけないのか」。まあでも当時は政略結婚だからね、しょうがないんです。

清水　反対できないんだ。

三谷　その後、正式の場で対面することになってるんですが、あいつがあんな格好で来るんだから、俺たちもこれでいいやみたいな。

清水　ラフでいいや。アロハシャツ着て。

三谷　そんな感じのラフな格好で当日出かけていって待ってたら、バッと入ってきた信長がものすごい格好いいんです。

清水　キメキメなんだ。

三谷　もう三つ揃いのスーツみたいなの着て、「お待たせ致しました」みたいな感じで来るんです。道三は「やりやがったな」と、なかなかこいつはできる男だ。

清水　紳士服のコマーシャルでやってもらいたいですね。

三谷　じゃあ僕が信長役を。

清水　その考えが「大うつけ」です。どうも、ありがとうございました〜。

ついでの話〈白虎隊〉

三省堂『大辞林　第二版』によれば一八六八年、維新政府軍の来襲を迎えた会津藩が、兵制改革の一環として十六、七歳の藩士の子弟をもって編成した少年隊。飯盛山における隊士二十名の自刃《じじん》は、会津藩の悲劇を象徴する事件となった……とある。鳥羽伏見の戦いにより勃発した戊辰戦争で、新政府軍の侵攻を受けた会津藩は、本来予備兵力であった少年たちを召集せざるを得なかった。玄武隊、朱雀隊、青龍隊などが有名。興味のある方は、会津若松市一箕町《いっきまち》大字八幡字弁天下にある「財団法人白虎隊記念館」がオススメ。

何故丑の日にうなぎかというのはね、実は全然意味がないんだって。——三谷
スタミナつけなくちゃって思うけど、関係ないの?——清水

三谷　なんかね、清水さんが歴史に目覚めてくれて、すっごい嬉しいんですけど。
清水　いやいや、目覚めてないですよ。
三谷　話すこといっぱいあるもん。会津藩に信長でしょう。次、何が聞きたい?
清水　聞きたいこと何もないです。
三谷　じゃあね、平賀源内の話をしてあげようか。
清水　「じゃあ」って何だろう。会話って何だろう。
三谷　平賀源内はね、すごい人なんですよ。
清水　平賀源内あたりについては知ってますよ。エレキテルとか。
三谷　そうそう。前もちょっと話しましたもんね。
清水　土用の丑《うし》の日とかね。
三谷　よくご存知ですね。
清水　古本屋さんで歴史的人物の本を買ってきて、お風呂で読んでるんです。
三谷　僕も伊達政宗頂いた。
清水　あげたっけ?　恥ずかしい。

三谷　どうしてこれくれるんだろうと思った。子供用の本だったけど読みました。
清水　子供用のが一番、わかりやすいんですよ。すぐに読めるし。
三谷　興味を持つということは大切ですからね。素晴らしいと思いますよ。
清水　ですよね。
三谷　ただ、なんでブヨブヨしてるんだろうって思ったら、お風呂で読まれた本だったんですね。
清水　ブヨブヨだって、本の内容が変わるもんじゃありませんから。
三谷　ちょっと今ね、平賀源内のこと調べてるんですよ。
清水　へえー。
三谷　前、源内が作った和製オランダ語の話、したじゃないですか。オストアンデル。あれはお饅頭のことですね。押すとアンコが出る。もっといっぱいあったんですよ。じゃあ、問題いきますよ。
清水　いかれても困りますよ。
三谷　第一問。
清水　クイズ好きは嫌われますよ。みんなが一休さんみたいにすぐ答えてくれると思ったら大間違いです。
三谷　これ簡単だよ。
清水　クイズ好きって意外と傲慢なんですよね。

三谷　アシハポン。アシハポン。これなんだ？
清水　どういうこと？
三谷　平賀源内が考えた和製オランダ語です。アシハポン。
清水　答えを言うのも恥ずかしい。
三谷　チチチチ……時間ですよ。清水さん。
清水　イカじゃなくて、タコ？
三谷　ピンポン。足が八本だから、アシハポン。
清水　どうもありがとうございました。すごい楽しかったです。
三谷　第二問。これは難しいですよ。サイテヤーク。
清水　何？
三谷　サイテヤーク。
清水　最低の役だ！　世界的にも最低の役といえば……。
三谷　はずれ。
清水　ちょっと待って、ヤークでしょ。ヤークといえば。
三谷　ヒントはね、さっき清水さんがおっしゃってました。
清水　エレキテル？
三谷　じゃなくて、もう一個言ったやつですよ。
清水　土用の丑の日？

三谷　といえば？
清水　うなぎ？
三谷　正解。割いて焼ーく。面白いね。これ僕が作ったんじゃなくて、平賀源内が作った言葉ですからね。
清水　源内さんに使用料払ってくださいよ。
三谷　じゃあ、最終問題。
清水　ホントに最終でしょうね。
三谷　これに正解すると、もう一問答えられますから。
清水　じゃあ不正解で結構です。
三谷　スポントワースル。
清水　スポンと忘れる。
三谷　お、当たった。
清水　全然喜びがないのは何なんですか。
三谷　当たると思わなかったな。度忘れのことを言うんだって。スポントワースル。すごいでしょ。
清水　全然すごいと思わないですけど。
三谷　だって江戸時代ですよ。
清水　それよりも私、土用の丑の日のコピー的なところはすごいなと思いましたよ。普段うなぎを食べない人も「今日は、土用の丑の日か、じゃあうなぎでも食べるか」ってなるもんね。すごいコピーだよね。

三谷　何故丑の日にうなぎかというのはね、実は全然意味がないんだって。

清水　スタミナつけなくちゃって思うけど、関係ないの？

三谷　結果的にはビタミンが豊富でスタミナがつくといえるかもしれないけど、江戸時代は夏になると、うなぎがさっぱり売れなかったんです。で困ったうなぎ屋さんが源内に相談に来たんです。

清水「夏はうなぎが売れないんですよ」

三谷「どうすればいいでしょうか」って聞かれて。

清水「まかしときな」って土用の丑の日というコピーを作ったんだよね。

三谷　しかもすごいのは、前宣伝をして盛り上げたんですよ。「まもなく土用の丑の日」とか。

清水　カウントダウンだ。

三谷　そうそう、「いよいよ土用の丑の日」とかって。

清水「土用の丑の日カミングスーン！」みたいな。

三谷「今日、土用の丑の日上陸！」

清水「詳しくは明日発売の朝刊で！」に近いですよね。

三谷　カウントダウンしていくうちに、みんなが噂をしあったりして。

清水　庶民も面白いよね。「なんだ！　なんだ！　どうしたんでぇ！」ってすごい盛り上がってくれる。

三谷　今みたいにね、情報があんまりないから、逆にすごい乗っちゃうんじゃないですか。「なんだろう、なんだろう」みたいな。

清水　名コピーライターですよね。江戸時代の糸井重里。

三谷　発明家であり、コピーライターであり、蘭学者であり、画家であり、作家でもあったんです。

清水　あと、時代劇で、「号外、号外」ってあるじゃん？

三谷　瓦版屋が、こう紙を撒く感じでしょ？

清水　そうそう「てぇへんだ」って。

三谷　瓦版って今の新聞というかニュース速報みたいな役目だったんですよ。

清水　今も新聞社が号外を配ってますよね。あれはスポンサーがいるんだろうなって何となくわかるんですけど、江戸時代の「てぇへんだ」は、どこの誰が親切で配ってくれたんですか？

三谷　あれはホントに撒いてたんですかね。

清水　あれだけ、ドラマや映画のシーンでよく出てくるってことは、そうなんじゃないですか。

三谷　戦前とかね、「号外、号外。大変だよぉ」みたいなのはあるけど、江戸時代もやったのかな。

清水　そんなに印刷も発達してなかっただろうにね。

三谷　「井伊大老、殺されたぜぃ」とかって撒いたりはしなかったかもしれないですけど。
清水　そんなに嬉しそうには読まないでしょ。
三谷　普段あんまりそういうものを目にしない人が、そうやってタダで配られてるの見て、こういうものがあるんだっていって、じゃあ次買ってみようかって、そういう効果はあるかもしれないですよね。宣伝効果。
清水　買ってみようかって、何を？
三谷　当時の人ってそんな新聞とかも読まないじゃないですか。
清水　なるほど。とにかく、瓦版というものがあるんだと。
三谷　そういうことを知って、じゃあ、次ちょっと有料かもしれないけど、買ってみようかなと思うのはあるかもしれない。
清水　あ、そうか、お試しだったんだ。
三谷　という可能性もありますよね。
清水　それにしても時代劇によく出てくるからって、全部が全部ホントだとは限らないんだね。
三谷　前に「新選組！」を書いたときに、お侍さんのセリフで、「来週また来てもらおうか」って書いたら、「三谷さん、この頃はまだ週はなかったんですよ」って言われて。
清水　また来週とかなかったんだ。
三谷　そうなんです。あれは明治に入ってからですからね。
清水　そうか。あれ西洋の考え方なんだ。

三谷　そうなんですよ。だから土用の丑の日の土用は土曜日、サタデイじゃなくて。
清水　土の用いるだもんね。
三谷　僕もよくわかんないんですけど、あるんですよ、暦で。年に何回か。
清水　突っ込みが弱いもんね、さっきからね。及び腰で突っ込んでるもんね。
三谷　すべてあやふやな知識でしゃべってますから。また突っ込まれたらと思うとね。
清水　その自信のなさが、うなぎみたいに、つかみどころがなくなるんです。今日の放送は、平賀源内風にいうなら「サイテトーク」ですね。
三谷　最低のトーク？
清水　ピンポン！

ついでの話〈瓦版〉
　江戸時代に、事件などの速報を刷って売り歩いた新聞の元祖。今も重大事件が発生すると配布される号外のように一枚刷りであった。もともとは、粘土に文字や絵を彫りつけ、瓦型に焼いたものを版にしたのが語源である。横浜開港資料館では、安政の大地震、黒船来航など天災地変や大事件発生の際に出版されたものや、横浜開港に関する瓦版などを所蔵している。ドラマではあらすじを伝えるためにも「瓦版屋」の存在は大切である。個人的なイメージでは三波豊和が一番しっくりくる。ちなみに「東京かわら版」といえば日本で唯一の演芸専門情報誌である。

味噌汁にじゃがいも、美味しいですよ。——三谷

というか、男の人ってじゃがいもにおふくろの味的なものを求めるよね。——清水

清水　皆さん、こんばんは。清水ミチコです。さて今週一週間はですね、表参道ヒルズ地下三階にありますスペースオーに特設されました、チョコレートマーケット・J-WAVE・ラブカフェ・ドコモスタイルシリーズからお送りします。

三谷　始まってるの？

清水　だいたいわかるでしょ。

三谷　こんばんは。三谷幸喜です。

清水　ちょっといい加減にしてくださいよ。

三谷　始まるタイミングがわからないです。もう始まってるんですか、これは。

清水　日々、本番ですよ。

三谷　僕はこうやって人前でしゃべるのが、ホントに経験もないし、苦手で、正直言って、まだ清水さんがしゃべっても、何も耳に入ってこない感じなんですよね。これ、いずれ慣れるのかな。

清水　大丈夫、三谷さん意外と太いもの持ってますよ。

三谷　今日は番組で招待した五十人の皆さんと一緒にですよ。立ち見の方を入れると、数百人。

清水　選ばれし方は五十名ですから、クラスの授業だと思えばいいですよ。

三谷　授業もしたことないですからね。

清水　受けたことはあるでしょ。しかもですね、この五十名の皆様には、こんなつまらない話を聞かせるお詫びに、お土産を用意しました。

三谷　申し訳ないですもんね。

清水　ドコモさんからのお土産。J-WAVEの特製ブックカバーを差し上げます。この不況の時代に牛革ブックカバーでございます。

三谷　あげると言っといてなんなんですけど、ブックカバーってなんのためにいるのかな？

清水　それは表紙を隠すためですよ。あれ、恥ずかしいじゃないですか。『いらつく二人』読んでるんだ。「だっせぇ」って言われたら。

三谷　見られて恥ずかしい本を読まなきゃいいじゃないですかね。僕はイヤなんですよ、ブックカバーって。

清水　ベストセラー本とかを読むのって、結構恥ずかしかったりするんじゃないの？

三谷　むしろオープンにしたい。僕はこんなの読んでるんだよみたいな。

清水　『気まずい二人』みたいな本でもそうなの？

三谷　僕が出した本ですか。もちろんですよ。出す側にしてみれば、やっぱりブックカバー

　　　つけないで、堂々と読んで欲しい気もするしね。

清水　ああ、なるほど。じゃあ、自分の本を読むのも平気？　三谷幸喜作っていう本を読む
　　　のは恥ずかしいでしょ。

三谷　自分の本を読むときはブックカバーするかもしれない。

清水　カバー欲しいでしょ。皆さんも色々ありますからね。

三谷　僕は必要ですけど、みんなはどうなんだろ。

清水　いりますよ、やっぱり。

三谷　本が汚れるからね。

清水　うーん。かな。私やっぱり、見られたくないというのがありますけどね。しかも私は
　　　すごく見たいんですよ、人が何を読んでるのか気になる。

三谷　僕もです。だからそれがイヤなんですよ。電車とか乗ってて、この人何読んでるんだ
　　　ろうと思っても、ブックカバーしてるとわかんないじゃないですか。

清水　上から覗くと、上のほうに書いてある本もあるんだよね、文庫本で。

三谷　ページの上の横にね。

清水　そうそう。今日さ、うちらの斜め前にスマイリーキクチさんがいらっしゃるのよね。

三谷　本人じゃないですよ。

清水　そっくりなんですけどね。ちょっと顔出しなさいよ。

三谷　アシスタントディレクターのオオムラさんです。

清水　似てるでしょ。たまたまスマイリーキクチさんにそっくりで。
三谷　たまたまという言い方もどうかと思います。
清水　歩いてると女子高生とかに、「来た、来た、スマイリーキクチが」とか言われてるんですって。
三谷　「スマイリー、スマイリー」って囁《ささや》かれるそうですからね。インターネットで誹謗《ひぼう》中傷されたと話題のスマイリーさんのことで、今、どれだけ盛り上がっていいのか難しいところですけど。
清水　盛り上がらなくていいでしょう。ただ似てるというだけですからね。
三谷　紹介したのは清水さんじゃないですか。もうおしまいですか、その話は。
清水　じゃあ、メンバー紹介をしましょう。
三谷　構成作家のマツオカさんです。いつもこうやって僕ら二人でやってるように見えるけども、もう一人いらっしゃるんですよね。
清水　そうそうそう。マツオカさんが笑ってくれると、超嬉しいよね。
三谷　うん。マツオカさんを喜ばすためにやってるようなところありますけど。
清水　ただ今日は本人は出るつもりなかったので、メチャクチャ毛玉がついたセーターでやってきてます。私も彼を見づらいんです。
三谷　あと、さっきまですごい髭もボーボーで。出るんだってわかってコンビニで安い髭剃りを買ってきた。

清水　剃ったら血が出てきて、よく見ると顔中傷だらけ。
三谷　さっきトイレ入ったら、血だらけの髭剃りが捨ててありましたけどね。
清水　ってことは、あれなの？　江戸時代とかその前って、みんな髭ボーボーなの？　だってあんなさ。
三谷　いえ、もちろん剃ってましたよ。
清水　どうやって剃るの？　剃るものも大変でしょ。
三谷　小刀っていうんですか。あれで剃ってたんじゃないの？
清水　日本刀は使わないんだ。
三谷　危ないし、長いですから。髭は剃りづらいですよね。あれは知ってます？　歯磨くのどうやってたか。
清水　歯磨くの知ってますよ。「木枯し紋次郎」を観てましたからね。
三谷　紋次郎が磨いてた？
清水　うん。なんか楊枝みたいなもんで。あ、違う、葉っぱかな。
三谷　基本的には指でやってたらしいですよ。指に塩つけて。
清水　私の友達が、昔自然食品にすごいはまって、歯磨き粉もナチュラルな成分のやつに替えたの。こんなこと言っていいのかわからないけど、そしたら、三カ月ぐらいで歯がマッキッキになったの。すごいでしょ？
三谷　どういうことですか。

清水　歯が真っ白というのは実は不自然なものなんですよ。天然とか自然を本気で目指すと、汚れというのはあまり落ちないんですね。

三谷　黄色は自然の色なんだね。林家パー子さんの声も、ピンクというより黄色い声ですけど、パー子さんの笑い声も天然だしね。

清水　ぺーさんの髪の毛は天然？

三谷　さぁ。

清水　そして声といえば、番組をお聞きの方ならご存知だと思いますけども、私たちのトークが終わったら出てくる、流暢《りゅうちょう》なイングリッシュの声があります。

三谷　ナレーターのミックですね。

清水　ミックといってもジャガーじゃないですよ。ミック・ボンドさんです。

三谷　僕らの話を聞いて、ミックさんがちょっと面白おかしくそれを英語に直したりとかしてくれるんですね。

清水　あれなんだかよくできてるよね。

三谷　ミックさんがご自分で考えてるんですよね。

清水　そうなんだ。

三谷　だから英語がわかる人は、二倍番組を楽しめるんです。今回は生であそこでミックさんがやってくださるということですよ。

清水　お、しっかりしてきた。

三谷　相方がダメだと何とか頑張らなきゃいけないというね、心理が働くものですね。ちょっとコツがわかってきた。
清水　どんなコツですか？
三谷　客席をあんまり意識しない。誰もいないもんだと思えばいいのかな。
清水　それはダメでしょ。それより、まず客席一人一人を見て、自分が平気になればもう大丈夫ですよ。一人一人見てみ。
三谷　じっくり見るとやっぱり緊張しますね。せっかく今忘れようと思ってたのに。
清水　怖いよー。今目が合った人たちの中の一人が、ネットでメチャクチャ三谷さんのことを悪く書くわよ。
三谷　今ね、ホント怖いですよね、ブログで何でも書かれちゃう。
清水　ホントだよね。
三谷　でもこの会場の皆さんは、悪く書く人はいないですけどね。
清水　そうかなぁ。もういろいろと書いているんじゃない？
三谷　これはアンケートですよ。いつもは台本もないフリートークをしてるわけなんですけども、今日は会場の皆さんにお配りしたアンケートに「私たち二人にして欲しいトークテーマ」というのを書いて頂いたんですよ。
清水　お願いします。
三谷　ラジオネーム格差社会さん。この方は相当格差社会に対して。

清水　怒ってるのかな。
三谷　東京の方ですね。二人にして欲しいトークテーマ。「好きな味噌汁の具は何ですか」。
清水　何歳？
三谷　三十一歳。
清水　若いのに、渋いテーマですね。
三谷　好きな味噌汁。これ、結構深いテーマといえば深いですよね。僕はもう決まってるんですけど。
清水　じゃ一緒に一位を発表しようか。せーの。豆腐！
三谷　じゃがいも。んっ？
清水　豆腐ですね。お豆腐は絶対合うでしょう。味噌と豆腐は大豆からできてる製品同士。
三谷　そうですけど全部大豆になっちゃうからね。
清水　私、味噌汁にじゃがいもはそれほど好きじゃないですけどね。じゃがいもファンめっちゃ多いよね。
三谷　味噌汁にじゃがいも、美味しいですよ。
清水　というか、男の人ってじゃがいもにおふくろの味的なものを求めるよね。
三谷　肉じゃがとかね。
清水　あれ、絶対ルックスでそう言ってるよね。もう見た目がおふくろっぽいじゃん。「おかえり」みたいに言ってる形。

三谷　ちょっと浅香光代さんが入った感じの部分ありますもんね。
清水　それを言うなら森光子さんだけど、うちの旦那さんも好きですね。
三谷　あと、ナスね。ナス。
清水　え？　ナスいる？　私だいたいナスそのものがあんまり好きじゃないんですよね。味噌汁にはワカメでしょ。
三谷　その前に、味噌汁の具というのは、いっぱい入ってるほうがいいですか。それともオンリー系が好き？
清水　料亭なんかにいくと、「これだけ？」だよね。
三谷　僕はそっち派なんですよね。じゃがいもだったら、もうじゃがいもだけっていう。たぶん清水さん、お豆腐が入って、ワカメが入って、ネギが入ってみたいな。
清水　そうですね。一種類で作ったことないな。いっつも二種類以上になってしまいますね。素人ほどそうかもしれない。
三谷　おしゃれな表参道ヒルズで、バレンタインデーのイベントなのに、こうしてお味噌汁を熱く語り合うというのもどうなんですかね。
清水　チョコレートもお味噌も、溶かすのは同じですから大丈夫ですよ。

ついでの話〈味噌汁〉
味噌が伝来したのは飛鳥時代。古代中国から伝わった「醬《ひしお》」と呼ばれる調味料がその元祖。

日本人が味噌汁を食すようになったのは鎌倉～室町時代だと言われている。戦国時代には野戦用食糧として重宝され、江戸時代に庶民の食卓に普及していった。かつてホームドラマで朝のシーンといえば、味噌汁を作るところが定番であったが、洋食化も進んだせいか、最近は朝ごはんに味噌汁という家庭は少なくなっている。「オリコン・スタイル」が二〇〇七年に発表した「人気の味噌汁の具のベスト10」によれば、一位はワカメ、二位豆腐、三位油揚げ。以下大根、ネギ、なめこ、じゃがいも、シジミ、たまご、麩であった。

どうも警備員さんには私がマネージャーに見えるらしいですよ。――清水
それはどちらが芸能人らしいオーラが出ているかの問題かも。――三谷

清水　私、先週たまたまウッチャンナンチャンのウッチャンと一緒に番組出たんだけど、その時に「夢で逢えたら」の話になって。
三谷　あれ何年ぐらい前？
清水　もう二十年ぐらい前ですね。
三谷　僕も観てましたよ。
清水　番組が始まった当初は、そんなに人気もなかったんですよ。深夜番組だったし、ゴールデンの番組ですごく忙しいスタジオというよりは、夜中に人気《ひとけ》もない感じのスタジオで収録するって感じでした。
三谷　ああ、河田町のフジテレビね。深夜の学校みたいな感じなんだよね。
清水　そうそう。歩いてると自分の靴音が聞こえるような場所で。
三谷　河田町、ただでさえちょっとそんな感じですもんね、お化けが出そうな。
清水　うん、ちょっと怖かった。そこである夜、コントを撮るって時になぜかウッチャンと二人になって。お菓子とか食べるテーブルがあるんですけど、そこになんとなく二人で並んでいたんですよね。そしたら警備員の人がやってきて、「僕、ホントに二人の大ファンなんです」って言って、「サインをください」って言うの。
三谷　フジテレビのガードマンの方が？
清水　そう。で、サインをしたらその人の喜び方が尋常じゃなくて、こっちまで嬉しくなっちゃって。ウッチャンもなんかそういう喜びがあって。だってこれまで警備員さんにサインしたことなんてないじゃん？
三谷　嬉しいですね。
清水　その人が「ありがとうございます」って言ってたら、すぐに奥からまた警備員たちがドッとやってきて。
三谷　僕にもサインください！
清水　そうじゃなくて、「またお前か」って今までいた警備員を捕まえてるの。
三谷　えっ？　どういうこと？
清水　その人はしょっちゅう警備員の格好をしてサインをねだる常習犯だったんです。
三谷　それ、怖いですね。
清水　そりゃ嬉しい顔するわなあって、ウッチャンと二人で話しましたね。
三谷　なんか都市伝説みたいですよね。
清水　やっぱり警備員の格好って、信じるっていうか、疑わないんだよね。
三谷　まあね。「おはようございます」とかって入ってきたら。
清水　「お疲れさまです」ってなるもんね。フジテレビもお台場に移動してからはセキュリ

三谷　ティも厳重ですけど、河田町のときは、一般の人も入りやすかったんですかね。
清水　ジャイアント馬場さんが止められたという話も聞きますけどね。
三谷　警備員さんに？
清水　「どちら様ですか？」って聞いたっていう。
三谷　見ればわかるのにね。
清水　有名人によっては、止められると怒りそうですよね。
三谷　あとNHKで森繁久彌さんが止められたとかね。そういうこともあったらしいですよ。
清水　私の昔のマネージャーさんに、ことみちゃんというね、それはそれは世にもかわいらしい女の子がいて、彼女と一緒にNHK行くと、毎回警備の人が私を止めるんですよね。「待ってください」って言って。
三谷　マネージャーさんじゃなくて清水さんをね。
清水　そうなんですよ。どうも警備員さんには私がマネージャーに見えるらしいですよ。
三谷　それはどちらが芸能人らしいオーラが出ているかの問題かも。
清水　「清水ミチコです（歯をくいしばりながら）」って説明する時の顔、きっと怖かったと思いますよ。
三谷　NHKは厳しいですからね。
清水　紅白の時なんか、警備の人すっごい大変だろうね。
三谷　紅白歌合戦の時は大スターさんが、いっぱいいらっしゃるじゃないですか。だから、

清水　僕が出た時は結構放ったらかしだったような……。
三谷　えっ？　じゃあ行こうと思ったら入れるかな。
清水　入りたいの？　そういうのは厳しいですよ。一応スタッフが案内してくれるんです。
三谷　そうだよね、自由に出入りは無理だよね。
清水　僕ら審査員はまとめて「どうぞ、こちらです」みたいな感じだったですけどね。
三谷　あ、そうか、歌手の皆さんとは別に審査員室というのがあるんだ。一人一部屋じゃないよね？　三谷さんが審査員の時は？
清水　大部屋でしたね、五木寛之さんがいらっしゃって、トイレも一緒だったんですよ。
三谷　五木さんの後にトイレ入ったの？
清水　同時ですよ。
三谷　あ、男性だから同時にできるんだ。右手？　左手？
清水　僕の右側が五木さんだったですね。
三谷　あれも変なもんだね。あれこそ男子の味わいだよね。最も恥ずかしい姿を初対面の偉い人と一緒にするわけですもんね。不思議。
清水　でもね、変な感じですよ。何やってるかは、一目瞭然なんだけど。
三谷　「何やってるんですか」って言えないもんね。
清水　見たりもしないし、耳をそばだてたりもしないわけですよ。
三谷　そうだね。目線も真っ直ぐ前だよね。でも前を見てもなんにもない。

三谷　前は壁ですからね。
清水　私だったらフ〜ンと鼻歌を歌うかな。
三谷　隣で鼻歌歌われるのもイヤですけど。お芝居観る時も、隣の席にはどんな人が来るんだろうって気になることありますよね。
清水　うん。ガサガサ、ゴソゴソされてもイヤ。
三谷　それ、清水さんのことですか？
清水　私は違いますよ。たぶん……。
三谷　二人で観た時、ひどかったですよ。
清水　芝居がひどかったって言ってたもんね。
三谷　何の話かわからないですけど。
清水　この間もNODA・MAP、野田秀樹さんのお芝居を観てきたんですけど、大人しく見ましたよ。「パイパー」もすぐチケットなくなっちゃうよね。
三谷　野田さんはね、人気ですもん。どういう意味なんですか、「パイパー」って。
清水　PIPERですね。パイプの男たちが出てくるんで。
三谷　パイプの男って？
清水　口で言うと安っぽくなるんで、言いたくないですね。下手くそになる。
三谷　まあね、野田さんの芝居はね。
清水　そうなんですよね。あの幻想的な世界。野田秀樹はすごいなあと思った。でも本人が

三谷　軽いじゃん。楽屋で「やってよ、松たか子のマネ」って言われてたけど、私超感動した後だったし、「そんなこと絶対できないです」ってすごいつまんない清水ミチコで帰りましたよ。

清水　僕の奥さんが「パイパー」観に行って。帰ってきて、松さんの最後の熱演のところをやってくれましたよ。

三谷　松さんと宮沢りえさんのところね。どうやって？　覚えてるの？

清水　一人芝居で。それ見ただけでも感動しましたよ、もう僕は観なくていいやと思っちゃったくらい。

三谷　そんなはずないでしょ。エンディングだけ観てもあの素晴らしさはわかりません。

清水　松さんにメールで、「感動しました」って送っときましたけど。

三谷　早い、安い、チャラい。

清水　野田さんとは仲がいいんですか？

三谷　松たか子さんのメイクさんが、私を担当してたことがある人なの。

清水　へえ。メイクさんつながりなんだ。

三谷　今回も無理かなぁと諦めてたら、メイクさんが「松さんが、よかったら清水さん観に来ませんかって言ってますよ」って言ってくれて、それが縁で行ってきたんですけど。

清水　すごいね、セリフ量。

三谷　野田さんの芝居はね。ブワーッとこう、まくしたてますからね。

清水　なんかみんな夢見てるような空間でしたね。びっくりしましたけど。
三谷　結構難しいでしょ。
清水　うん。でも、松さんも上手だったし、宮沢りえさんも頑張ってたなぁと思うのに、橋爪功さんはさ、全然頑張ってないんじゃないかって思いました。……あの、火星人の話なのね。
三谷　SFなんだよね。頑張ってないってどういうこと？
清水　橋爪さんを見てると、ああ、この人はもともと火星にいた人だもんなって錯覚するぐらいに、自然にお芝居できてるんですよ。ちっとも頑張ってない。
三谷　火星人がタコみたいな格好してるわけじゃないんだ。
清水　何ですか、その三谷演出。
三谷　タコの格好してる橋爪さん、見たいじゃないですか。
清水　一切してないですよ、普通の洒落た洋服なんですけど。なんかホントに火星に住んでる様子をドキュメントで見てるような感じになってきてさ。
三谷　すごいね。橋爪さん、もうベテラン中のベテランですからね。
清水　ねえ。ベテランってすごい。だけどベテランの悲しさを知ったのは、いざ楽屋に行きました。
三谷　どこでしたっけ？　コクーン？
清水　コクーンです。あなたの嫌いな。

三谷　そんなことないですよ、コクーン、大好きですよ。
清水　でもパルコ劇場が好きだよ。
三谷　同じくらい好き。
清水　野田さんにお会いして、松さんにもお会いした。それで他の皆さんにもお会いしたんだけど、ベテランの橋爪さんにお会いしても、褒めることって絶対できないね。
三谷　「上手ですねぇ」っていうのもね。
清水　そうなの。私帰ってから考えたんだけど、もし自分がベテランでも、感動したんだったら、「うまいですね」って言われても嬉しいと思うんだけど。だけどやっぱり言っちゃいけない感じするよね。
三谷　「やるじゃん」っていうのもね、ちょっとあれだし。「最近、なんか一皮剝けた?」とかっていうのもイヤだな。
清水　絶対ダメですよ。
三谷　でも、どんなベテランでも、褒められるのは絶対嬉しいと思いますよ。
清水　そうだよねえ。
三谷　橋爪さん。僕が伝えときますよ。
清水　お願いします。うん、そうやって人に伝えてもらうのが一番かもしれない。
三谷　面識ないですけども。
清水　じゃ、結構です！　そういえばメイクさんを通じて、メールしたんだった。

三谷　「橋爪さんにも伝えといてくれ」って？　たぶん伝わってないと思う。
清水　大丈夫です。パルコ派は黙ってな。あ、こんなこと言ったら、私がパルコに出られなくなるね。パルコ大好きですよ。
三谷　パルコの支配人なら面識ありますから。伝えておきましょうか？
清水　何を伝えるかわからないから結構です。

ついでの話〈夢で逢えたら〉
一九八八年から一九九一年にフジテレビ系で放送された人気バラエティ番組。当初は木曜深夜二時過ぎの放送であったが、ウッチャンナンチャン、ダウンタウン、清水ミチコと野沢直子が共演という豪華出演陣の本格的コントは、視聴率も5％を突破するほどの人気で、放送時間帯も十一時台に進出を果たした。清水ミチコの「伊集院ミドリ」の他、「サービス」「タキシーズ」「ナニワの浴衣兄弟」「ポチ＆卍丸」「ザ・スナフキンズ」など様々な名物キャラクターが生まれた。現在は出演陣のステータスとギャラを考えると、同じメンバーでの番組は、夢でできたら……という状況である。

プープー星人ですね。何て言ってるか、聞き出すことは得意です。——清水

たとえば「しみず」の時に、「しぴみぴずぷ」ってなる。——三谷

三谷　僕の芝居「グッドナイト　スリイプタイト」がこないだ終わりまして。大阪で千秋楽だったんですけど、オーラスってなんかちょっとこう、祭り気分になって何かやりたくなるんですよ。前の芝居もやりましたけど。

清水　何するんでしたっけ。

三谷　悪戯《いたずら》するんですよ。

清水　もうね、役者もお客も大迷惑ですよ。

三谷　観てない人はわかりづらいんですけど、今回転換要員という、スタッフが出てきて、舞台転換をしていくんですよ。普通はそれは見せちゃいけないもんだから。

清水　そうそう。お客さんも見てないからね、みたいな時あるもんね。

三谷　完全に見えてるけど、これは見ちゃいけないもんだろうなと思う、という暗黙の約束があるんだけど、それを敢えて見せてしまおうということにしたんです。

清水　イッセー尾形さんが、舞台で着替えるのと同じですね。

三谷　ベッドルームの話なので、スタッフの方も皆さんパジャマに着替えてもらって、パジャマを着た妖精たちがパッと出てきて舞台を変えるんです。

清水　黒子でいいじゃない。
三谷　せっかく見てもらうわけですから。で、パジャママンたちがベッドルームで色々装置とかを動かして、小道具とかも置いたり、片付けたりして、パッといなくなったら、次の話が始まるみたいな演出にしたわけですよ。
清水　なるほど。
三谷　千秋楽だけ、その中に僕もパジャマ借りて交じって出ていったんです。
清水　どう、気がついた？
三谷　これがね、お客さんは全然気がつかなかったんです。
清水　あれ？　メガネ取った？
三谷　メガネ取らなかった。でもちょっと薄暗いし、なるべくお客さんに見えないようにはしていたんですけども。ただ、その転換の時って舞台が回ってたのね。
清水　回りながら転換するんだ。へえ。
三谷　それに僕は慣れてないもんですから、出ていった瞬間に回ってるから、どっちが客席か、どっちが舞台かわかんなくなっちゃって。
清水　ああ、そうかも。ゆっくりでもそうなるかもね。
三谷　なるんですよね。それで、最後は舞台裏に戻らなきゃいけないのに方向を見失って、客席のほうに行こうとしちゃって。
清水　絶対嘘だと思う。間違えて人前に立っちゃったぁ、みたいな感じでしょ。よく「スター誕生」でも「友達が応募したいっていうから行ったら、私が受かっちゃったんです」。

三谷　それホント鼻につきますよね。

清水　ホントですよ。

三谷　僕の場合は違います。見失っちゃうんです。焦った焦った。客席もだって真っ暗だから、ホントわかんないんですよ。

清水　なんか隠された自己顕示欲が出ちゃったような。

三谷　で、転換の最中に僕お饅頭を持って出ていって、中井さんに渡したんですよ。

清水　悪戯で？

三谷　どうするかなと思って。普通だったら、お饅頭渡されても、芝居に差し障るじゃないですか。だから、受け取らないかポケットに入れるかかなと思って。現に去年の「音二郎」の芝居をやった時に、大根持って出ていったら、戸田さんは絶対受け取ってくれなかったんですよ、芝居の邪魔だから。

清水　当たり前ですよ。

三谷　でも中井さんは受け取ってくれた。

清水　アホなのかな。

三谷　しかも食べてましたね。

清水　やっぱ、アホなんだな。

三谷　アホって言うな。立派な方ですよ。
清水　加害者のくせにかばうな！
三谷　食べるとは思わなかったなあ。
清水　仕方なくやったんでしょ！　でもなんか、千秋楽ってやっぱりすごく楽しそうですね。お得感というだけじゃなくて。
三谷　いやあ、でもね。雑になる場合も多い。
清水　じゃあ、そういう悪戯しないでくださいよ。
三谷　一番いいのはね、楽前ですね。千秋楽の一個前が一番いいというのは、俳優さんはみんな言う。
清水　そうなんだ。なんでだろ。
三谷　いや、楽前終わった時に、「今日はなんかやり遂げたね」みたいな。最後の最後はちょっとおまけっていうか、そんな考え方いけないんだけど、気持ち的にラクになってるかな。
清水　ふーん。じゃあ、あれはあるの？　演出家として。完全に終わった緊張の後、ほっとする時って涙が出るじゃん。逮捕された犯人がなんで泣くかって、反省じゃなくて、どっちかと言うと、「はあ、やっと捕まった」というほっとした涙。
三谷　「これで逃げなくて済むんだ」という。
清水　そういうの、ある？

三谷　俳優さんはあるかもしれないですけど、演出家ははるか前にやることが終わってるからね。
清水　泣くとしたら原稿を書き終わった時なんだ。
三谷　さすがにないですけど。
清水　原稿が間に合わなくて泣いたことあるけどね。
三谷　僕は泣いてない。周りを泣かせただけで。
清水　開き直ったぞ！　この犯人。
三谷　俳優さんは千秋楽で泣く人多いですよね。
清水　そうだろうね。
三谷　カーテンコールとかでも、結構泣いてますよ。
清水　なるほどな。
三谷　戸田さんとかは、もう何度もやってきてる人だから、結構あっけらかんとして「ああ、終わった。終わった。お疲れさーん」って。
清水　あっけらかんじゃない。たぶんあの方は顔に出さないんですよ。
三谷　どっちにしても、素晴らしい方ですけどね。
清水　そうですよ。大根を受け取らなかったということで、もう素晴らしさがわかりますよ。中井さんも次は絶対にもらうべきじゃないということを学んだと思います。
三谷　次は何を渡そうかな。

清水　いつか本気で怒られますよ。
三谷　千秋楽のあと、打ち上げやったんですよ。実は僕は現場スタッフの方と話す機会って、あんまりないんですけども。
清水　忙しいもんね。
三谷　二十代前半の照明を当てる係の人とか、そういう人たちと話をしたんです。
清水　三谷さんも若い頃、照明やってたって言ってたもんね。
三谷　一日だけですけどね。とんねるずさんのライブの照明を。
清水　一日だけかいな。
三谷　大学の時に友達に頼まれて、「人がいないんだ」って言われて、「とんねるずってお笑いのグループがいるんだけど」。
清水　まだそんな時代?
三谷　うん。「ちょっとライブ、手伝ってやってくれよ」って言われて、渋谷の何とかっていうライブハウスに行って。
清水　テイクオフセブン。
三谷　そう、テイクオフセブンだ。そこで照明を。一回やっただけです。
清水　今回、若い人としゃべってどうでした?
三谷　それで、こないだも若い人の言葉の話をしましたけど。
清水　「逆に」とか「素直に」とか。

三谷　びっくりしたのは、「だからか的に」って言われたんですよ。
清水　何？　それ。
三谷　お餅を早食いする競争みたいな伝統行事があるじゃないですか。
清水　うん。
三谷　あれをやる人は、割とおじいさんが多い。でもお年寄りはよく喉に詰まるというような話題になった時に。
清水　なぜ、おじいさんがそんなに餅を食べるのかと。
三谷　それはたぶんお年寄りは歯がないから、餅を食べやすいんじゃないかという結論になったんですが。その時に「だからか的に」って言われたんですよ。
清水　イラッとくるね。なんだろ、これ。
三谷　「だからか。歯がないからお餅食べやすいんだ」ということなんですね、きっとね。
清水　「的に」はいらないよね。
三谷　そう。「だからか」でいいんですよね。
清水　「だからか的に」とかそういう言い方、誰が始めるんだろうね。昔、学校で先生に聞かれたくないことは、言葉に文字を挟んでわかりにくくするのが流行ったんですよ。
三谷　どんなふうに？
清水　「これ、美味しいね」を先生に聞かれたくない時は、「こぼれべ、おぼいびしびいびねべ」って言うの。そのブームがすごい嫌いでしたね。

三谷　ありましたね。清水さん得意のぱぴぷぺ星人みたいな感じでしょ。ロンブーの番組でやってたじゃないですか。
清水　プープー星人ですね。何て言ってるか、聞き出すことは得意です。
三谷　たとえば「しみず」の時に、「しぴみぴずぷ」ってなる。
清水　「しぴ・みぴ・ずぷ」ですよね。プープー星人が言うには。
三谷　「これ美味しいね」の時は。
清水　「こぽれぺ……おぽ……いぴ……しぴいぴ……ねぺ」になるんですけど。
三谷　そんなたどたどしいもんなの。
清水　私は得意じゃないって言ってるでしょ。聞いて、瞬時に察知することはできますけど、あんまり言うことは好きじゃないです。
三谷　確かにみんなやってましたね。
清水　割とブームも短かったですけどね。面倒臭いからかな。
三谷　ブームになったら先生だって、何言ってるかわかりますもんね。
清水　隠語ってのは他の人に聞かれちゃダメなんだよね。
三谷　業界用語とかね。
清水　お寿司屋さんのガリとかさ、りゃんことかね？
三谷　ガリはわかるけど、りゃんこって何ですか。
清水　りゃんこって何だったたっけな。たぶん数字の「2」だったと思うけど。「このお客さん、二千円ね」っていう時に、金額言うと生々しいじゃん。だから「りゃんこね」と言うんだったと思うんだけど。そういう符牒《ふちょう》ってどこの業界にもあるし、ミュージシャン用語でもあるじゃん。

三谷　ツェーマン。

清水　ホントに使ってる人見たことないけどね。

三谷　でもジャズ畑の人とか、ミュージシャン系の人は今も使ってますよ。ゲーセンとか。ゲームセンターじゃないよ。今度のお芝居も、ミュージシャンの人たちに出ていただいたんですけど、なんかそういう言葉を使って語り合ってましたよ。

清水　あれはやっぱり、意識を内に内に高め合うためなんだってね。

三谷　僕らも決めますか、符牒を。

清水　何にする、何にする？　でもそれラジオでしゃべっちゃダメですね。符牒というのは結局は聞かれたくないというのもたぶんあるよね。例えばデパートの店員さんが、「私トイレに行ってきます」を「三階で出産してきます」とか。出産とは言わないか。

三谷　「お花摘んできますわ」とかって言うやつでしょ。「二番行ってきます」とか。

清水　万引きの常習犯が来たぞって時に、「五階子供服でお買物された三谷さん、いらっしゃいましたら……」っていうらしいもんね。

三谷　食事してきますの隠語が「田中さんと不倫してきます」だったりしたらお客さんも驚くでしょうね。

清水　みんなが田中さんと……どんだけ乱れたデパートなんですか。

ついでの話〈符牒〉

もともとは商品につけるタグのようなもので、型番・価格・状態などが走り書きされていた。やがて部外者には知られたくない時に使う仲間内の暗号、隠語を符牒と呼ぶようになった。寿司屋でお茶を「あがり」と呼んだり、ご飯を「しゃり」と呼ぶのは誰もが知っているが、もともとは符牒の一つ。その他、「むらさき」といえば「お醬油」、兄貴といえば時間が過ぎたもの、また一から十まではピン、リャン、ゲタ、ダリ、メノジ、ロンジ、セイナン、バンド、キワ、ソクと呼ぶという。またデパートでは食事のことを「きざ」「はの字」「ぎょく」「マル」と呼ぶなど、業界ごとに符牒も異なる。

猫ってびっくりすると尻尾から何から大きくなるの知ってる?——清水

ふぉわふぉわになりますよね。——三谷

清水　私この間、初めて猫カフェに行って来たんですよ。

三谷　ああ、なんか聞いたことあります。

清水　自分ちの近くにオープンして。

三谷　あの、猫カフェ自体のシステムがよくわからないですけど。

清水　ドアを開けるじゃないですか、そうすると、そこに値段が書いてあるんですけど、そのお店はお一人様千二百円なんですよね。

三谷　入場料が千二百円なんですか?

清水　一時間のお値段で三十分延長するごとに五百円かかる。

三谷　コーヒー一杯が千二百円?

清水　コーヒーは、何杯でもおかわりできます。その代わり、猫の毛が入ったりするから初めから少なめですけども。

三谷　そうなんだ。

清水　あと土足厳禁。土足の菌が猫たちにうつっちゃいけないから。で、一回自分の靴を脱いでロッカーに入れました。それで中に入ろうとしたら、「お客様ちょっとお待ちくだざい。そちらで消毒、殺菌してください」と言われて、手を洗わないといけないのね。

三谷　当然ですよ、だって猫と触れ合うわけでしょ。

清水　そういうわけで手を洗って中に入りました。すると、床暖房の長い廊下があって、そこにも部屋にも猫がゴロゴロいるわけです。

三谷　一匹じゃないんだ。

清水　何匹もいるんですよ。廊下の横に小部屋があって、猫ってちっちゃい部屋好きじゃん。ちょっと一人になりたいなという時には、そこに入れるような感じになっているんですよね。で、廊下を突き抜けて行くと、大きいスペースがあって。そこにもガラスで仕切られた小部屋があって、ちょっと神経質な人はそこでコーヒーを飲みながら猫を見ることができるようになってました。

三谷　猫は好きだけど、あんまり触りたくない人はそこから見るんだ。

清水　うん。ちょっと珍しい雰囲気だったんですけど。

三谷　喫茶店みたいな感じなんですか？

清水　喫茶店というよりは暖かい児童館みたいな感じで、静かなクラシックがずっとかかっていて、椅子も低め。それで、テーブルも置くと危ないから少なめで。お茶をたしなみながら猫たちを見るという感じです。

三谷　猫たちはいっぱいウロウロしているの？

清水　十畳ぐらいのところに八匹はいましたかね。
三谷　気に入った猫がいて、「あの猫がいいわ」と言って、猫を連れて個室に入るとかいうのではないんだ。
清水　じゃないじゃない。猫好きって、触りたいというよりは見ているだけでちょっと癒されるところがあるから。
三谷　まあね。確かにそうですけどね。
清水　私とすれ違いに出ていった中年の女性が「ホントによかったわ、ありがとう」って帰っていかれたんですよ。そんなに癒されるんかいと思っていったら、部屋に男性のお客さんがいてその人もホントに幸せそうでさ、「ニャオちゃん、ダメでしょ」ってまったりしてました。
三谷　どれくらいいたんですか？
清水　四十分ぐらいですかね。同じ猫でも性格が違うから、喧嘩っ早いのもいたりして、この子がどういう性格なのかを見るだけでも面白いですね。
三谷　本当に猫好きじゃないと、間がもたないですよね。
清水　犬カフェというのはありえないよね、きっと。だって、猫は家の中にいたいじゃん。だけど犬はできるだけ外に出たいじゃん。
三谷　そうか、犬カフェないかな。
清水　犬カフェはないけど、ドッグカフェはあるよね。飼い主と一緒にお出かけできる店。

三谷　うん、ちょっと自分の犬自慢してる感じの人もいる。

清水　だけど、猫を店に連れていくのはちょっとおかしいじゃん。猫ってやっぱり家にいたいからね。

三谷　そこの猫たちは、猫カフェのマスターが飼っているということなんですか？

清水　どうなんだろう。そこに人間が寝泊りしている様子はないですけどね。

三谷　面白いね。うちの猫は逆にあれに行ったことがありますよ。なんて言うんですか。お年寄りの集まっているところ。

清水　老人ホームじゃなくって？

三谷　そういう感じの、集いの場みたいな。そこのキャットセラピーに行ったんです。

清水　そんなのがあるの？

三谷　うん。癒すためにね、派遣されるんですよ。猫もやっぱり個性があるから、見知らぬお年寄りになつく猫となつかない猫がいるじゃないですか。

清水　うちのは絶対ダメだ。

三谷　うちの死んじゃったおとっつぁんというのは、ホントに誰に対してもオープンなやつで抱き心地もすごいよかったんで、これはいいというんで、何回か行ってましたよ。

清水　へえ。私も理想はそういう猫だったんですけど。おとっつぁん、なんて種類だったっけ？

三谷　アメリカン・ショートヘアー。

清水　その猫カフェでも、アメリカン・ショートヘアーが一番おとなしかった。うちではアビシニアンを飼ってますけど、ちょっとおてんばな猫なんです。

三谷　馬鹿猫ね。

清水　人に言われるとムカつきますけど、まあそうだね。その子がしょっちゅう脱走しようとするんですよ。

三谷　基本的には家の中で飼っているんですか？

清水　普段はね。だけど、外界に興味があるからしょっちゅう脱走をして。それで家族のみんなで手分けして鈴を鳴らしながら探すんですよ。なんか巡礼をしている気持ちになってきますね。

三谷　鈴を鳴らしながら歩くお遍路さん。

清水　で、やっと捕まえましたというのが結構なストレスなのね。ああ、疲れた。

三谷　猫を捕まえるのは大変ですよ。

清水　うん。で、参考のために言っときますけど、猫を見つけたと思っても手を出すのはダメなんです。俊敏だから。

三谷　手を出すとまた逃げちゃう。

清水　一番いいのは布ですね。

三谷　かぶせるんだよね。最後の手段。

清水　あ、有名なんだ布は。

三谷　うちもよく逃げてましたから。まず、こっちがあせっちゃうと向こうもなんかパニックになっちゃうから。
清水　そうそう。
三谷　もうホントに何気なく寄っていって「うん、どうした？　馬鹿猫、どうした、どうした？」。
清水　馬鹿猫は余分だけど。
三谷　で、布でぱあっと捕まえる。
清水　布って、なんでってくらい急におとなしくなるよね。
三谷　火も消せるからね。
清水　時々、猫があまりにも外へ出たがるから、可哀想だと思って、リードをつけて外へ出してあげるわけよ。それでどこでも好きなところへ行っていいよ、おばちゃんがついていくからって言うんだけど、そういう時に限ってなんかすごくだらだらだらだらしてて、ずっと止まって車を見ているわけ。
三谷　猫は気まぐれですからね。
清水　今度、矢野顕子さんのライブに出演させて頂けることになって、矢野さんとピアノの演奏をすることになったから、ピアノの練習で忙しいんですけど、まぁたまには猫も可愛がってあげようと、昨日も猫を連れてお散歩に出たわけですよ。
三谷　ピアノの稽古があるのに。

清水　あるのに。そしたら、向かいのおばあちゃんが自分の家に入ろうと鍵を開けようとしたのを見て、どういうわけかすごい驚愕《きょうがく》して、いなかっぺ大将みたいにくるっと宙返りして。
三谷　ニャンコ先生のようにだ。
清水　うん。
三谷　やるんだ、あんなことを。
清水　猫ってびっくりすると尻尾から何から大きくなるの知ってる？
三谷　ふぉわふぉわになりますよね。
清水　化け猫みたいに大きくなって。うちの車のほうにぴゅっと行ってさ。
三谷　車の下にね、入っちゃうんだよね。
清水　うん。それでもう虐待されているような、ウギャ〜という叫び声あげてパニックになったの。こりゃ大変だって、私も必死でそのリードを自分のほうに引っ張りながら。
三谷　巻き取れるやつだ、犬の散歩でも使いますよね。
清水　うん。猫用のがあるんです。それを引っ張りながらなんとか出したんですけど。で、昨日は買ったばかりの帽子をかぶってたんですよ。本で読んだんですけど、猫って意外と外見を見るんだって。
三谷　確かにそれはある。猫にしてみると帽子をかぶった清水さんは赤の他人ですよ。
清水　そうなの。なのに車の下から出てきた猫に私もうっかり帽子をかぶりながら「どうした？　大丈夫か？」ってやったもんだから、それにまた興奮して。
三谷　もう猫にしてみれば、大変ですよ。
清水　それで……見てくださいよ、この人差し指を。
三谷　ホントだ。絆創膏を貼っている。
清水　もう少しでライブの本番なのに、弾けやしないんですよね。聞いてよ、私の愚痴を。
三谷　それで、あてつけに猫カフェへ行ってきました。犬はいいよね、普通に散歩できるし。
清水　あ、うちのお利口犬の話をしますけど、先日とびを散歩に連れていったらですね、見知らぬおばあちゃんが向こうからやってきて、僕とすれちがったわけですよ。そしたら、僕の後ろでドタッと音がしたから振り返ってみたら、おばあちゃん倒れているんですよ。
三谷　疑うわけじゃないけど、あなたの周りでよくおばあちゃんが倒れますね。
清水　倒れたおばあちゃんに会ったのは僕の人生で三人目ですよ。
三谷　なんかしているでしょ。
清水　僕？　してませんよ。
三谷　私、人生の中で一回もそういう現場に出くわしたことないですけど。あなた、多いよね？
清水　多いんですよね。前は、「助けてください」と言われて、背中におんぶして家まで連れていったし。

清水　三人目の人はどうしたんですか。
三谷　そのおばあちゃんね、ホントにね、なんかアワアワアワみたいになっちゃって。で、立てないというか、目が開いていたんで、もう急いで救急車を呼んで。
清水　大変だ。
三谷　救急車来るまで、とびはず〜っとそのおばあちゃんの横に座って、うお〜お、うお〜おって、哀悼の。
清水　哀悼すんな！　早い早い。
三谷　なんか悲しく鳴いてましたね。
清水　「大丈夫ですか」みたいな感じ？
三谷　わかんないけど、なんかね、「うお〜うお〜」って。
清水　がんばってください〜かな。
三谷　さようなら〜。
清水　こら！
三谷　とにかくずっと救急車が来るまで待っていて。で、救急隊員の方には一応僕の連絡先書いて渡して。おばあちゃんはそのまま乗っていかれたんですけど。
清水　自分のいい人伝説じゃないですか。
三谷　それほどいい話でもない。でも、ああいうのって、そのあとなんの連絡もないんだよね。どうなっちゃったのかなあ。

清水　普通やっぱり連絡来ないんじゃないの？
三谷　そういうもんなのかな。
清水　うん。三谷さんの指紋がついたナイフでも見つかったら、かかってくるかもしれませんけど。
三谷　清水さんがふざけてますけど、おばあちゃんが、元気になられることを祈ってます、三谷幸喜でした。
清水　ずるい！

ついでの話〈アメリカン・ショートヘアー〉

アメリカが原産国の、短毛の縞模様、大きな頭、ふっくらとした頬、丸みのある目が特徴の猫。「ｇｏｏペット」サイトの猫図鑑によれば、西部開拓時代に野生のネズミや蛇などを退治するため、ペットとして飼われるようになったネコの中から、性格がよく美しい猫が選び抜かれてアメリカン・ショートヘアーの元祖となったと言われ、「ワーキング・キャット（働く猫）」とも形容される。かつては「ドメスチック・ショートヘアー」とも呼ばれていたが、一九六〇年代に「アメリカン・ショートヘアー」の名称に統一された。

家系をたどると、いろんな人が親戚になりそうだよね。——清水

ずっとずっと遡れば、みんなアフリカのほうにたどりつくといいますからね。——三谷

清水　あれ、また散髪に失敗したのか。

三谷　散髪はしましたけど、失敗はしてないですよ。

清水　あの、ごめんなさい。言いにくいこと言っていい？　友達として。

三谷　いいですよ。

清水　もっと頭がちっちゃく見えるようなカットにしたらどうかな。

三谷　それはね、無理だと思うよ。

清水　絶対ありますって。

三谷　昔、言われたんですけど、顔のでかい人は髪を伸ばすことによって顔の輪郭を隠そうとするけれども、それによって全体がもっとでかくなっちゃうんだって。だから、巨顔族はなるべくね、髪は短いほうがいいですよ。

清水　そうなのかな。私の調査によると、顔がぱっと出た時に、頭がカーリーヘアでもじゃもじゃ、としているほうが、昔のつのだ☆ひろさんみたいに一時的に輪郭がぼやけるって聞いたんですけどね。

三谷　一時的でしょ。でも、トータルで言ったら全部が頭ですからね。
清水　全部頭なら、じゃあ、つのださんすごいことになっているね。
三谷　フルヘルメットみたいなもんですから、短いほうがいいんです。僕は気に入ってますけどね、この頭。
清水　変えないつもりですか。
三谷　僕の後半生はこれでいこうと思っていますよ。
清水　言っちゃあれですけど、骨が硬そうですよね。
三谷　頭蓋骨がね。すごい自信があります、頭蓋骨には。
清水　ヘルメットいらずですよね。
三谷　いらないと思う、たぶん当たっても全然平気。
清水　顔が大きい人いっぱいいるけど、骨がしっかりしているなって感じは三谷さんくらいだもん。頭らしい頭。守りが強い。
三谷　だから、帽子をかぶると、すごい変になっちゃうんですよ。今、かぶっている帽子はね、なんていうんですかこれ。このあの。
清水　ニット帽。ぴったりじゃないですか。
三谷　これをかぶるとですね。
清水　田中小実昌的な。
三谷　より頭らしくなるわけです。

清水　ホントだ。なんでだろう。
三谷　映像がないの、ホントに申し訳ないんですけど、より「頭」という感じがするでしょ。
清水　そうですね。
三谷　全く似合わないんですよ、帽子が。
清水　でも、よくそれ買ったね。
三谷　これは戸田恵子さんがくださったんです。
清水　ほら、ごらん。戸田さんあんまりあなたのこと考えていないって、前も言わなかったっけ？　戸田さん優しいようでいて。
三谷　戸田さんは考え抜いてこれにしてくれたんですよ。
清水　ああいう顔のちっちゃい人ってさ、こっちの悩みをあんまり感じてないところがあるもんね。「いいじゃない、いいじゃない」と言って。
三谷　というか、僕、悩んでないけどね。
清水　ごめんなさいね。でも、中身も外見も大きな頭って、ルーツはどこなんだろう。三谷家はどこ出身だっけ？
三谷　実は広島なんですよ。広島県の三原というところなんです。おばあちゃんの実家は宗家といって、対馬なんですが。宗というのは、宗兄弟の宗。
清水　寝てるときにプッと音を出すおばあちゃんね。
三谷　宗久子というんですけども、宗家の歴史はだいぶ古いですよ。前話しましたよね。蒙

清水　古襲来の時に、最初に討たれたのは僕の先祖だという。
三谷　うん。それは聞きました。それは華やかなほうの三谷家の謎じゃないですか。確かお父さんは、和田アキ子さんのファンクラブやってたんですよね。
清水　はい。そっちは父のほうですね。
三谷　ちょっとおっちょこちょいの血が入ってる。
清水　失礼な。うちの父はおっちょこちょいじゃないです。
三谷　ごめんなさい。
清水　立派な方だったんですけど。
三谷　和田アキ子さんにも、お父さんにも失礼ですね。
清水　そうですよ。父は大山っていうんですけど、大山家は鹿児島の出身です。でも僕は子供の時から母親のほうで育ったんで、父親のほうはよく知らないんです。
三谷　そうか、そうか。
清水　父方のおばあちゃん、父の母親も、会ったことないんですけど。名前が千代栗といって。
三谷　超かわいいね。千代栗。
清水　かわいいでしょ。千の千代子の栗ですね。千代栗ちゃんって言ってた。
三谷　もう一生忘れない。千代栗。
清水　千代栗ちゃんは沖縄みたいですね。

清水　だからか！

三谷　何かつながりました？

清水　手毛の感じが沖縄っぽいですよ。「なんくるないさぁ」って言ってみて。

三谷　「なんくるないさ」……何も言うなってこと？

清水　「なんくるないさぁ」の意味を知らないの？

三谷　知らない、あんまり沖縄のこと知らないんだよな。

清水　「なんてことないよ、大丈夫よ」みたいな意味ですね。沖縄に行ったことはある？

三谷　行ったことないです。

清水　超好きになりますよ。

三谷　一度行ってみたいですね。僕のことを待っててくれてるような気がするんですよ。

清水　ああ、案内したいな。

三谷　沖縄？　一緒に行く？

清水　行きましょうよ。ルーツ探しって面白いよね。この間実家に帰った時に、母親が親戚から家系図をもらってきたんですよ。清水家は全然だらしないんですけど、その親戚は几帳面でずいぶん前まで書いてありました。

三谷　家系図は面白いですよ。

清水　私に両親がいて、父にも両親がいて、母にも両親がいて……と上にいくとうわぁって人が増えていくんですよ。二枚が四枚になり四枚が八枚になりみたいな。

三谷　逆ねずみ算ですよ。
清水　三谷家に家系図はありますか？
三谷　三谷家の五代ぐらい前までのは、僕が自分で作ったんですよ。
清水　自分で調べたの？
三谷　過去帳というのがあるじゃないですか。
清水　ないよ。
三谷　戸籍はある？
清水　戸籍はあるよ。それを、過去帳って言うの？
三谷　嘘、嘘。過去帳って菩提寺にあるものだけど、うちは仏壇の中にあったんですよ。それにはご先祖様が亡くなった日が全部書いてあるんですよ、何年に誰が亡くなったって。
清水　ぞぞぞぞぞ。
三谷　なんで？　鳥肌が立つ感じ？
清水　うちでも親戚が来た時に、これはあのばあちゃんのあの息子で、というのがわかんないから一応知っておこうという話になって、家系図を出してきたんだけど、ずっと見ているうちに気持ち悪くなってきて。なんか「怖っ」て。
三谷　なんだろうね。
清水　なぜかはわからないけど、ご先祖様の思いが全部こもってそう。

三谷　ご先祖様ですから怖くはありませんよ。
清水　でも、三谷さんちのもよく残ってたね。どこのうちも震災とか戦争とかでなくしてそうじゃん。
三谷　うちは残ってた。それを見ながら初めてこの人とこの人は兄弟なんだとか、この人の子どもはこの人なのかというのを知って、高校ぐらいの時に。ちょっと自分で系図に起こしてみたんですよ。
清水　意外と親戚って知らないのよね。法事とかで見るけどみたいな。
三谷　知らない知らない。
清水　三谷さんやりそう。じゃ、そのうち小林家の分も作りそうだね？
三谷　うちの妻のほうですか？
清水　妻のほうも過去帳とかありそうだもんね。
三谷　どうなんだろうね。清水家やってあげようか？
清水　いえ、大丈夫です。でも家系をたどると、いろんな人が親戚になりそうだよね。
三谷　ずっとずっと遡《さかのぼ》れば、みんなアフリカのほうにたどりつくといいますからね。
清水　母なるアフリカってホントだね。
三谷　あと、あれは知っていますか？　清水さんの友達が僕の友達と友達である確率は百パーセント。
清水　百なの？　なんで、なんで？

三谷　必ず誰かいるらしいですよ。
清水　そんなわけないわ。芸能人だからということじゃなく？
三谷　じゃなくて。
清水　へえー。でも、それ証拠がないからな。
三谷　じゃ、今から洗い出していきますか？
清水　いや、結構です。「友達の友達はみな友達だ」って言ってるタモリさんを信じますから。あれも名言だもんね。
三谷　確かにね。名言で思い出したんですけど、いい言葉を知ったんです。これはガンジーの言葉なんですけど。
清水　おっ、パクリだね。
三谷　名言をパクリと言ったらもう何も話せないよね。
清水　すみません。
三谷　もしかしたらキング牧師かもしれないんですけど。
清水　そこは絶対に気をつけて。
三谷　どっちだったかな。
清水　というか、ちゃんと調べてから紹介すればいいじゃない。
三谷　来週話そうか？
清水　そうだよ。

三谷　いい言葉なんだよな。
清水　じゃあ、名言だけ言ってみて。で、私が判定するわ。
三谷　ガンジーかキング牧師かね。
清水　そうそう。
三谷　「許そう。しかし、忘れない」
清水　あっ、ユーミンと一緒だ。清水ミチコのモノマネについて「怒っていませんよ、根には持っているけどね」っていうのと同じですね。「許そう。しかし、忘れない」。
三谷　「許さない。でも、忘れちゃう」というのとどっちがいいのかな。
清水　ユーミンさんの歌に、私を許さないで憎んでも覚えてて、というのがあるんだけど、やっぱり忘れられちゃうのって悲しいよね。どっかで覚えていて欲しい。
三谷　清水さんが僕にすごい意地悪をするとするじゃないですか。
清水　三谷め。
三谷　僕はそれを許してあげるけれども、でも、忘れないよ。
清水　あら、あなたに肥溜めをバアっとかけた私を許してくれるの？
三谷　それはどんな事情があれ許さない。
清水　とにかく拭いて拭いて。
三谷　許しもしないし、忘れもしないですけど。

ついでの話〈過去帳〉

寺院で檀家・信徒の死者の俗名・法名・死亡年月日などを記しておく帳簿。鬼簿、点鬼簿、鬼籍、冥帳ともいう。檀家制度が確立した江戸時代には、各家庭に常備されるほど一般化し、現在も各家庭あるいは寺で保管されている例が多い。うちにない……という場合は本家で保管されていたりする。自分のルーツを知りたいと思う時は、この過去帳や位牌などをもとに調査をすることになるが、寺で保管されている過去帳は檀家全員を記していることが多く、また江戸時代は姓がないため、自分の先祖を判断するのは難しいこともある。また最近では個人情報保護の観点から、普段おつきあいをしていない檀家が来ても、なかなか過去帳を見せてくれないことがあるという。お布施はマメにしておくほうがいいかもしれない。ちなみに、先祖をたどるとどんどん数が増えていく様を表現したのが、清水ミチコの名曲「シャンソン子守唄」である。

帰りはね、株についての本を買って読んでみたんだけど、これはわかんなかった。株は無理だったですね。——三谷

株ってさ、根底にちゃんとした欲望がなきゃ無理だよね。——清水

三谷　清水さん、韓国に行かれたそうですね。

清水　はい、行ってきました。私、韓国は二度目だったんですけど、今の円高で、なんかすごい買物がしやすかったですね。

三谷　僕は去年自分の作品が向こうで上演されるというので行きました。

清水　三谷さんに教えてもらったペゴパヨ、言いましたよ。

三谷　ペゴパヨ、お腹空いたって意味なんですが、これどこ行っても大爆笑でしょ。

清水　そうでしたね。気持ちを込めて言うと笑ってくれますね、店員さんにもウケました。

三谷　そういうところでやったんですか？

清水　うん。「ペゴパヨこれください」って。

三谷　「お腹空いたよ、これくれよ」

清水　ペゴパヨを言いながら韓国へ行ってきたんですが、すごく感動したというよりも、なんとなく親しい感じがして。

三谷　なんか故郷という感じしますよね。

清水　うん。ルーツがこっちから来たなという気がしましたね。
三谷　するする。
清水　それで感動したのは、一緒に行ったパックンマックンのパックンです。
三谷　パックン。僕は「英語でしゃべらナイト」でご一緒しました。
清水　あなた、英語の話題になるとふっと横を向くというか、いなくなるんですよ。
三谷　そうだっけ。
清水　イエス。
三谷　しゃべれないというかしゃべりたくない。
清水　しゃべりたくないと。じゃ「英語でしゃべらナイト」も出ないでよ。
三谷　でも、それに出た時は僕すごいしゃべったんですよ。
清水　イン　イングリッシュ？
三谷　イングリッシュで。
清水　ホワイ？
三谷　自分の映画の宣伝を英語でず〜っと覚えていったんですけど。
清水　へえー。じゃあ、会話というよりは朗読というか、覚えたのをやったんだ。
三谷　それは流暢でしたよ。
清水　パックンってさ、名門のハーバード大学出てるんですよ。
三谷　そうなんだ。

清水　「ハーバード大学ってどんな大学?」って聞いたら、「めちゃくちゃいいとこです。勉強しないと当然入れないけど、同級生や先生とかに、宇宙に詳しい人とか、興味を持っていることへの理解度が深い人がいっぱいいるから、勉強するのがドンドン楽しくなってくるんですよ」って言っていたのね。

三谷　へぇー理想ですね。

清水　で、「パックン何を読んでいるの?」って成田空港で買った本を見せてもらうと、ハングルの勉強本なんですよ。

三谷　ん?

清水　韓国に着くまでのおよそ四時間、その間にハングルを全部書けるようにマスターしてたんですよ。

三谷　四時間の間に?

清水　すごいでしょ。パックンが言うには、ハングルは割と単純にできているんだって。

三谷　そうですよ。

清水　知ってた?

三谷　ハングルは僕に聞いてくださいよ。ペゴパヨ。

清水　パックンいわく、「ハングルは、他の語学とは違って、まだできてから六百年しか経ってませんからね」と言うのね。

三谷　そうなんだ。

清水　六百年しか経っていないということは、全世界の人になんとなくわかるように、すごく単純化して作ってある。だから、「ト」ってあるじゃん、カタカナの。あれの左に、アルファベットで言う「K」がつくと、「カ」になったりとかの組み合わせだから、割と読んでいくのは単純だと。
三谷　そうなんですよ。確かアルファベットよりも少ないですもんね。
清水　それで、ロケ中に、「パックンすいませんけどサインしてください」ってお店の人に頼まれた時も、何々さんへというのは聞いた耳での音感で、もうハングルでスラスラ書いてるの。勉強家は違うなあ、と思いましたね。
三谷　それはすごい！　例えば、大阪に行くじゃないですか。
清水　はい。
三谷　だいたい品川から新幹線に乗るんですけど、駅に本屋さんがあるんですよ。そこでまず、この新幹線でマスターする自分の新しい知識というのを一つ決めて買ってます。
清水　私だったら、新幹線の中で退屈だからって雑誌とか本を買っちゃうんですけど、自分に何かを課してるの？
三谷　うん、この間は「催眠術」の本を買いましたけどね。
清水　覚えました？
三谷　覚えましたよ。
清水　誰かにかけた？

三谷　まだかけてないですよ。

清水　あれ、かけたくなるよね。怖い？

三谷　かけたくなるけどね、とき方までマスターしてからじゃないと、かけちゃいけないと自分で思っているので。

清水　そうですね。でも、かけられるようになったらいいでしょうね。自分にかけるの。

三谷　いいことおっしゃった。催眠術は自分を高めるために使うと、とてもいいらしいですよ。

清水　私のマネージャーのタナカさんが、なんて言うのか、上手く言えないけど、女性の嫉妬みたいなエネルギーがないのね。女の人ってどういう人でも、なんとなく同性に対して嫉妬の気持ちがあったりするんだけれど。

三谷　なんとなくわかります。

清水　タナカさん全然ないわけよ。どうしてだろうって思ってたら、ちっちゃい頃に合気道をやっていたんだって。

三谷　あの子が。

清水　合気道って、相手からのエネルギーを、そのままのエネルギー利用で返すことができるわけ。だから、自分としては何もしない。だから疲れない。三谷さんから私にマイナス十点みたいなのがきたら、あなたのほうに勝手に鏡のようにマイナス十点を流すんです。

三谷　その言葉そっくりお返ししますよ、という感じなんだ。
清水　そうですね。
三谷　合気道すごいですね。僕じゃあ、タナカさんに催眠術で、清水さんに対してすごい女の嫉妬を感じる術をかけてみようかな。
清水　なんのためにですか！　私、ヨガとか催眠術とか、合気道もそうなんですけど、精神的なそういう世界にすごい興味があるんですね。
三谷　すごくいいですよ。
清水　いいですよって、あなたそんなには習得していないでしょ。
三谷　新幹線の行きだけですけどね。
清水　きっとサラリーマンが読むシリーズ、みたいな感じでしょ。
三谷　まあね。帰りはね、株についての本を買って読んでみたんだけど、これはわかんなかった。株は無理だったですね。
清水　株ってさ、根底にちゃんとした欲望がなきゃ無理だよね。
三谷　そうだねえ。そんな気がする。
清水　私も昔、勉強しようと思ったんだけど途中でやめたのは、イギリスで紅茶がどうのこうの。なんか船に乗っていたんだよね。
三谷　それはボストン茶会事件の話？
清水　だから、そこの会社にかけておけばよかったんだよみたいな話。あれ？　みんなクエ

三谷　スチョンマーク？　株の始まりってそんなんじゃなかったっけ？

清水　いや。どうなんだろう。

三谷　紅茶が関係あると思いますね。あれ、カレー粉？　とにかく船です。

清水　カレー粉と紅茶？

三谷　今ね、ちょっと調べてもらったところ、このように書いてあります。株式会社は十七世紀初頭にオランダの東インド会社に端を発します。

清水　そうだそうだ。

三谷　この時代、ヨーロッパでは、インドや中国の絹織物、香料、スパイスなどが、貴重品として高値で取引されていたんだって。これをなんとか持ち帰って儲けたいと考える人は多かったんだけれども、一人ではとても無理だと。

清水　一人じゃそんなに持てないし。

三谷　航海には非常に危険が伴いますし、船を造るのも船員を雇うのもお金が莫大にかかります。それならみんなで資金を出し合って船を造って、船が戻ったら出資金に応じて儲けをわけようじゃないか。船が戻らなければ損をするけれども、失うのは出資した分だけ。

清水　それが株の始まりなんだ。清水さんという船がこれから芸能界を渡っていくわけですよ。

三谷　もう渡ってるけどなあ。

三谷　途中まで来たけど。
清水　折り返すの？
三谷　折り返しませんよ。さらにさらに大きな海に出て行く時に。
清水　そうですね。わかった。今、日本で仕事あるかもしれないけど、中国でヒット曲を出したいです。
三谷　いいですね。もうぜひ中国に行ってください。
清水　ただ旅費がない。
三谷　そうすると僕が立て替えるわけですよ。「行っておいで」と。
清水　うん。三十万もらった。
三谷　その代わり五年経ったら五倍にして返してね。
清水　それは三谷さんに都合のいい話すぎるよ。
三谷　そっか、それだとただの借金か。
清水　だいたい一人でやろうとするからダメなんですよ。
三谷　株式会社はみんなでお金を出すんですもんね。
清水　じゃあこうしましょう。構成作家のマツオカさんが、嫁を中国で人気アナウンサーにしようと考えます。
三谷　ちょっと怖い奥さんですよね。
清水　そんで、旅費がないんだったら三谷さんと私で十万ずつ出そうと。出資しました。十

三谷　万ずつじゃないわ。私が十五であなたが五。
清水　いや、マツオカさんの奥さんだったら僕は九十万出しますよ。
三谷　じゃあ私が十で三谷さんが九十としましょう。で、百万もらったマツオカさんの奥さんが一千万円儲かった。
清水　そしたら、僕が九百万の配当をもらって。清水さんには百万。
三谷　嫁の儲けはどうなるの？
清水　嫁は嫁で、もう得がたいものを得ているからいいんですよ。
三谷　思い出という宝と、あとは地元の美味しい中華料理食べたからね。じゃあ私も、もっと出資するよ。
清水　でも、思ったとおりにいかないもんなんですよ。
三谷　そうだよね、マツオカさんの嫁、中国語しゃべれないし。最終的には失敗するんです。
清水　株はね、難しいです。
三谷　子供の頃からモノポリーとかやってる子は強いんじゃないの？　人生ゲームとか。
清水　人生ゲームは赤いお札が理解できなかったんですよね。他はなんとなくわかったんだけれど。あと、株券とかもあったもんね。
三谷　そうでしたね。
清水　僕が得意だったのはダイヤモンドゲームかな。
三谷　私もハマりましたね。

三谷　ダイヤモンドゲームやる時に、僕は必ず緑色使っていたんですけども。
清水　うん。なんで？
三谷　なんかね、子供の時から緑だった。僕のラッキーカラーは。
清水　へえー。
三谷　緑のミは、三谷のミだからね。
清水　水色だってミルク色だってあるよ。
三谷　そんな駒ないし。人生ゲームの駒も緑だったな。
清水　じゃあ、結構やっていたんじゃないですか？　人生ゲーム。
三谷　子供の頃はやってましたよ。
清水　あれ、三谷さんには友達がいないイメージがあるんですけど、誰とやっていたの？
三谷　だいたい一人でやっていましたよ。一人五役とかで。
清水　それはすごくしっくりきますね。
三谷　一人っ子はそういうもんですよ、一人っ子は。

ついでの話〈株式会社のはじまり〉

　株式会社の起源は、大航海の時代にオランダに誕生した「東インド会社」である。当時のヨーロッパでは東インド（現在のインドネシア）から胡椒などの貴重な香辛料を輸入していたものの、長い航海で船が難破したり、海賊に襲われたりするなど危険も多く、全財産を失う商人も多数出た。その後ヨーロッパ各国に東インド会社が十四も誕生。各社が胡椒などを買い漁《あさ》った結果、現地での買い入れ価格は上昇し、逆に本国での販売価格は下落。このままでは共倒れの危険性があることから、一六〇二年に「連合東インド会社」に統合された。多くの人から集めた資金で会社を作って、船の建造から航路の開拓、商品の輸送といった、多額の費用をまかなうシステムで、資金を出してくれた人にはその証としての株式を発行。出した資金の割合に応じて貿易で得た会社の利益を分配し、万が一、船が難破して損害が出てもみんなで負担することにより、出資した額以上に損をするということがないという株式会社のしくみが考え出された。ちなみに三谷幸喜の会社も清水ミチコの会社も株式会社である。

みんなで王選手のサインが書けるようにしてみんなにプレゼントしました。――三谷

それでか。王さんのサイン、うちにもあったわ。あのサインボールって全国的にあったよね。――清水

三谷　清水さんのお誕生日プレゼントに差し上げた、横山光輝さんの『三国志』、もうそろそろ読み終わった頃だと思うんで。今度『水滸伝』あげますよ。

清水　やっぱ、ああいう超大作がまだあったのか。

三谷　『水滸伝』のほうが短いです。全八巻ぐらいかな。それなら読めるでしょ？

清水　いや、ホント言うと、その前にもらった『三国志』も途中でタナカさんにあげたんで。

三谷　マネージャーのタナカさんにあげたんですか？　ひっどい。

清水　私ね、前にも言ったかもしれないけど、なんかものが溜まっていくという状態がすっごいイヤなんですよ。

三谷　それはわかるよ。

清水　人に役立てたいんです。

三谷　読んでからあげてくださいよ。

清水　あのさ、言っちゃ悪いけど、人の顔が一緒でさあ。

三谷　それを言えば、確かに似てはいますけども、よ〜く見ると髭の位置とかね、目の大きさとか、眉毛とか違うわけですよ。

清水　でもタナカさん、時々思い返して一番泣けるシーンを読んで「一人で泣いてました」なんて言ってた。女子でもえらく感動するんだね。

三谷　『三国志』はね。老若男女が泣けますよ。

清水　でも、私もあなたの影響を受けて「天地人」を四、五、六話と録りましたからね。

三谷　大河ドラマの「天地人」。いいんじゃないですか。

清水　何、馬鹿にしたような言い方してるの！

三谷　だから、『水滸伝』あげますよ。

清水　だからいらないですよ。

三谷　『水滸伝』はね、林冲という主人公がいるんですが。

清水　もう名前がついていけない。

三谷　林冲というのは主人公の名前ですけど、主人公は一人じゃないんですよ。

清水　ほら出た。

三谷　僕は子供の頃から群集劇というか、主人公が大勢のものが好きだったんですよ。

清水　なんで？

三谷　「七人の侍」もそうだし。あと、「十二人の怒れる男」という映画も好きだったし。

清水　あれ大好きだもんね。

三谷　『水滸伝』は、主役何人だと思います？
清水　怖いわ。
三谷　百八人もいるんですよ、主人公が。
清水　それは主人公じゃないね、全員が脇だね。
三谷　いいこと言った。
清水　いいこと言ったでしょ。
三谷　みんな脇であり、同時に脇が一人もいないということでもあるわけです。
清水　じゃあ、百八つのストーリーがあるということ？
三谷　集めていくんです、仲間を。
清水　へえ〜。最後百八になるのかな。
三谷　うん。百八人になるまで集めていくという話。
清水　百八とかって多いよね。
三谷　百八は、煩悩の数ですよ。
清水　そうだ四苦八苦だ。
三谷　確か野球のボールの縫い目の数も百八個なんですよ。
清水　なんか嘘八百に聞こえるんだけど。それは菊千代はいないということ？
三谷　いっぱいいます。菊千代もいれば、もう。
清水　菊千代はいっぱいいますはおかしいでしょ。私が言っているのは「七人の侍」の中で目立ってたような、ドジな男。
三谷　いますよ。魯智深。僕が好きなのは呼延灼。
清水　名前は知りません。知りたくないし、覚えにくいな。
三谷　呼延灼は本当に強い将軍様ですよ、呼延灼将軍。
清水　昔「笑点」に出てた落語家みたいだね。「どうも三遊亭呼延灼でございます」
三谷　呼延灼将軍はね、テレビで丹波哲郎さんがやったんですけど、これはぜひ読んで欲しいな。
清水　かなり前の話なんでしょ。
三谷　『水滸伝』ものすごい前ですよ。
清水　昔の人ってすごい残酷なんだよね。
三谷　まあ、人間は残酷なものですから。
清水　三谷さんから借りたＤＶＤにもあったよね、よく覚えてないけど「何々様はまだでございますか？」って何回か聞くの。「もうすぐ僕死刑になるんですけど、何々さんが来てくれたら死刑にならない」
三谷　何の話をしてるの？　「新選組！」？
清水　そう。「新選組！」でそんなシーンがあったでしょ。「まだでござるか？」
三谷　ああ、あれですよ。「飛脚がまだ来ないのか？」というやつでしょ。
清水　そうそう。飛脚さえくれば、もう。

三谷　お金が返ってくるからね。
清水　お金でしたっけ。
三谷　お金を使い込んだという罪で切腹しなきゃいけなくなるんですよ。で、親がお金を立て替えてくれるというので「そのお金が明日までに届けばお前を許してやるよ」と言われるんだけれど、結局届かなくって切腹しちゃうんです。勘定方の河合耆三郎《きさぶろう》ね。
清水　あの明日までというのもさ、「十二時までね」という約束は昔はないよね。
三谷　いや、あったんじゃないですか。
清水　どうやって？
三谷　お寺の鐘とかで。
清水　お寺はどうやってんの？
三谷　江戸だったらお城に基本になる時計があって。例えばね、十二時の鐘を鳴らすと。それを聞いたこっちのお寺が鳴った。「よし俺も」ゴーン。
清水　ずれてるじゃん。
三谷　多少ずれてはいきますよ。それよりも、昔の人は目覚まし時計もなかった時に、どうやって朝起きていたのかというのがあるんですけど。
清水　明るくなると目が覚めたんですよ。
三谷　朝四時に起きたりもしてたんですよ。
清水　そっか。

三谷　昔の人は、現代人よりも時間に対する感性が研ぎ澄まされていたんだって。
清水　ホントに？
三谷　だから、起きなきゃいけないと思った時に起きることができたらしいですよ。
清水　でも四時に集まるとか、そういうことなかったもんね、きっと。
三谷　決まった時間に集まろうみたいな？
清水　うん。
三谷　それはあったんじゃないですか。だって、決闘とかもね「何時に待っとるぞ」みたいのがありますからね。
清水　そうか。「なんとかの川原で待っておるぞ」と言っても、お互いずっと待っているということがありそうだよね、背中合わせで。「まだか」なんて言って。
三谷　背中合わせはないかもしれないですけど。
清水　だって、川原ってすっごく広いじゃん。
三谷　そうかあ。
清水　「あいつめ、恐れをなしたか、わはは」と言ってお互いに。
三谷　心の中では、ホントは来ないで欲しかったりするもんね。
清水　全然、話は違うんですけど、この間、大阪の番組に出てきたんですね、東野幸治さんの番組なんですけど。で、清水さんというのはこういう人です、と私のちっちゃい頃からのＶＴＲなんか作ってあって。

三谷　番組が作ってくれたんだ。
清水　昔から最近までの私の歴史が紹介されたんですが、最近、つきあいのある人っていうことで、三谷さんの写真も出てきたわけ。
三谷　光栄ですよ。
清水　そしたら東野さんが「わかるわ～」って。「なんか三谷さんも清水さんも友達少なそうやもん」と言ってましたね。
三谷　まぁ多くはないけど。
清水　それで、「文化祭で、みんな明るくやっているのに暗いほうの校舎行って、なんか誰も来ないようなところで、いらっしゃいってやっているような気がする」って言われました。
三谷　まあ、彼がどれだけ僕のことを知っているんだという気がしますけど。
清水　でも、ちょっと当たっているような気がするのが悔しい。
三谷　僕に関してはその通りですけどね。
清水　あの教室を使っていたのは三谷君か。
三谷　僕のクラスは文化祭で王貞治展をやったんですけど。
清水　野球はみんなでやるものだっていうのに、一人に絞ったわけね。
三谷　みんな王貞治が好きだったから。それで王貞治のデスマスクとか作って展示しましたね。王さん、まだ亡くなっていないんですけど。

清水　もう東野さんの言う通りじゃん。
三谷　あと、みんなで王選手のサインが書けるようにしてみんなにプレゼントしました。
清水　それでか。王さんのサイン、うちにもあったわ。あのサインボールって全国的にあったよね。
三谷　王さんのサインボール、当時の子供はみんな持ってましたよね。
清水　うん。絶対にホームランの数よりサインしたボールのほうが多いよね。
三谷　もう何十万個ってあるんじゃないですかね。
清水　うちのクラスの隅っこにも落っこちてたもん。
三谷　もしかして僕が書いたやつかもしれないですけど。

ついでの話〈水滸伝〉
　中国の四大奇書のひとつで、北宋末、百八星の生まれ変わりである百八人の盗賊が、山東省の梁山泊を根城に国の権力に反抗するという義賊物語。『宋史』にも載っている宋江の反乱が、説話や芝居、小説などに脚色されて民間に流布していたのを集大成したもので、百回・百二十回・七十回（清の金聖嘆が物語の後半を「こんなの水滸伝じゃない」と、三十回を削除して改作した）の諸本がある。編者については諸説あるが、施耐庵と羅貫中の共著という説が有力。ちなみに中国四大奇書とは『水滸伝』『三国志演義』『西遊記』『金瓶梅』のこと。

『西遊記』は夏目雅子が演じて話題になったが、官能小説の『金瓶梅』は、高見盛の彼女（？）が出演しているのが話題となった。

オスカーって何から来ているの？　あの人、誰？——清水

アカデミー賞の関係者が「私のオスカーおじさんに似ているわ」とか言ったんで、そこからオスカーになったとか。——三谷

清水　この間、私ですね、「R－1ぐらんぷり」という番組で審査員をしてきたんですけど、R－1というのは結局あれなんですよね。

三谷　落語なんだよね、R－1のRって。

清水　うん。意外にも落語なんですよね。ピン芸人のグランプリなんですけど、落語も一人でやりますからね。

三谷　落語がピン芸のトップですからね。

清水　方法はなんでもいいので、四分以内のネタをやって一番面白かった方に賞金が、というルールなんですよ。

三谷　審査員やってみてどうでした？

清水　審査員は七人で、女性が私だけなんですよ。

三谷　女性ピン芸人の最高峰が清水さんだ。

清水　女性の枠でたぶん空いている人がいなかったらしくて、清水さんでいいということになって呼ばれたと思うんですけど。私ちょっと失敗したなと思って、プロデューサー

三谷　さんにも謝ったんですが。
清水　なんだろう。
三谷　バカリズムさんというのがすごく面白くって、百点つけちゃったんですよね。
清水　それは百点満点？
三谷　うん。百点満点。
清水　で、何番目に出てきたんですか？
三谷　三組目ぐらい。
清水　それはあのね、絶対やっちゃいけないことでしょ。
三谷　ねえ。なぜいけないかということを説明もされて。
清水　なぜいけないか。今はもうわかっていますか？
三谷　はい。もっと面白い人が来た時に。
清水　そうなんですよ。百点出しちゃったら、もうあとはそれより面白くないのが来ますようにと、祈るしかないわけじゃないですか。
三谷　よく考えるとそうだけど。
清水　全てをマイナスで見ちゃうんですよね、そのあとの人たちのことを。
三谷　そうでもないんだけど。その晩は反省して寝たんですけども、ところが、翌日会う人会う人にすっごい褒められて。その勇気と判断力。
清水　馬鹿っぽさがね。

清水　さすが清水と。馬鹿っぽいけど、あの気持ちはわかると。
三谷　そのバカリズムさんが優勝したんですか？
清水　違ったんですよ。結局全員の総合得点によるものなので、別の方が優勝しました。
三谷　まぁそういうものですよね。
清水　巷の評判では、バカリズムさんでも悪くはなかったというような声もあって、救われたんですけど。
三谷　清水さんそのあとず〜っと百点出し続けたわけではないの？
清水　ではないですね。
三谷　それはいいことですよ。
清水　どっちなんだ。
三谷　みんな面白いから百点！　だと審査の意味がなくなるから。
清水　でも、私思ったのはあれですね、そんなこと無理だと思うんだけど、一人でステージに立つお笑い部門は、フリップ部門、モノマネ部門、音楽部門とかにわけたグランプリのほうがいいかなと。
三谷　部門別ですね。
清水　例えば、ピンで三谷さんが面白トークをやるとするじゃないですか。で、私が横で二番目に出ていって。
三谷　モノマネしてもね。

清水　モノマネとか、音楽でやるとしたらなんかずるいというかさ、ずるくはないんだけど。
三谷　そんなこと言っちゃうと、お笑いでいい悪いを決めるということ自体が、もうナンセンスなことかもしれないもんね。
清水　でも、この場で一番面白い人を決めようってのは、本当は単純で楽しいと思うよ。
三谷　もうお客さんの笑い声の大きさとかで決めりゃいいのかもしれないよね。
清水　なるほど。つまらない意見をありがとう。
三谷　それを言うならね、ちょっと話飛びますけど、日本アカデミー賞で僕はいつも思うんですけども、僕は、優秀脚本賞というのを今回もいただいたんですけども。あれだって、アメリカのアカデミー賞では脚色賞とオリジナル脚本賞にわかれているんですよ。
清水　違うものなの？
三谷　原作があって、それをどういうふうに映画にするかってやるのが脚色でしょ。
清水　なるほど。
三谷　で、オリジナル脚本というのはゼロから書くわけですよ。
清水　ストーリーもね。
三谷　それはやっぱりわけなきゃいけないと思うんですけどね。全然違うもんだからね。
清水　全然違うんだ。
三谷　でもね、日本はね、一緒なんですよね。それを僕は声を大にして言いたいね。
清水　フリップ部門とかモノマネ部門って、私が言うことと似たようなもんだけど。

三谷　だから、全てにおいてわけろということですね。
清水　選ばれるほうはそう思っちゃうんでしょうね。外側から見ている分には別にいいんじゃん、もらったんだからって思う。
三谷　清水さんがもらうなら何部門になるんですか？
清水　私がもし受賞するとしたら？　モノマネ部門なんじゃない、やっぱり。
三谷　なのかな。それもわけなきゃ。ピアノモノマネ部門とかセロテープモノマネ部門。
清水　ああ、そうすると、難しいね。
三谷　あとはもう矢野顕子さんモノマネ部門。
清水　出たい出たい。絶対出たい！
三谷　それで優勝しなかったらどうなるんですか。
清水　ホントですよね。それで優勝できなかったら落ち込むかなあ。
三谷　うん。
清水　あちらのアカデミー賞では、今年は「おくりびと」が活躍されて。
三谷　よかったですね。
清水　それで、本木さんにお教えになった本物のおくりびとの方が、時々クローズアップされるじゃないですか。
三谷　納棺師の方ね。
清水　その人が本当に、役者さんみたいに美しいのにも驚きました。

三谷　いや、でもびっくりしたのは、受賞が決まった時に監督の実家までカメラが行ってて、やったーみたいなニュース映像も見ましたよ。

清水　あれ、オスカーを取ったからよかったよ。でも、取らないと放送されないで、こっそり撤収だよね。

三谷　でも今までも日本の作品は十何回かノミネートされているわけですよ、その度にやっていたのかなあ。

清水　いろいろな苦心があったんじゃない？　でもご両親もカメラ慣れしてるというか、綺麗な日本語でしたよ。

三谷　それにしてもアメリカの本家のアカデミー賞の授賞式は、やっぱりショーアップされてますよね。

清水　そうだね。立派な賞よりも立派なショーを見てる感じするもんね。

三谷　日本のアカデミー賞は現場へ行っても、なんかもどかしい気はするんですよ。

清水　例えば、どんなところがもどかしいの？

三谷　アメリカでは衣装デザイン賞というのがあるんですよ。

清水　昔、ワダ・エミさんが取っていたね。

三谷　衣装デザイン賞にノミネートされた人たちが出てくると、衣装でちょっとパレードしたりとか、結構ショーアップされるわけですよ。でも、日本ではないんですよ、衣装デザイン賞がね。

清水　あっ、賞そのものがないんだ。
三谷　なんかもったいないなあとかって。
清水　割とデザイン重視の国なのにね。
三谷　そうなんですよね。で、しかも今年は司会がヒュー・ジャックマンというすっごい格好いい二枚目俳優で、司会もできれば、歌って踊れる人。
清水　日本で言ったら？
三谷　宝田明さん。
清水　う～ん。そうなんですか。
三谷　今だったら誰なのかなあ。タモリさん？
清水　歌ってくれますかね。
三谷　昔、「笑っていいとも！」のオープニング歌ってらっしゃいましたけど。
清水　司会者と歌って、やっぱあっちの文化ですね。
三谷　まあね、みのもんたさんが出てきて一曲歌われちゃってもね。
清水　人生相談やって一曲……「女ののど自慢」ですよ。
三谷　あと、向こうはやっぱりデリカシーのある国だから、ウィナーじゃないんですよね。
清水　勝った人負けた人が出ちゃうということか。
三谷　昔はウィナーだったそうですが、今はオスカー・ゴウズ。
清水　Ｓがつくんだ。

三谷　それは文法の問題ですけれども。このオスカーは誰々さんに行きますよ、それは勝ち負けではないんだよというふうにね、変わったらしいんですよ。
清水　オスカーって何から来ているの？　あの人、誰？
三谷　あれはね、いろんな説があるらしいですけど。アカデミー賞の関係者が「私のオスカーおじさんに似ているわ」とか言ったんで、そこからオスカーになったとか。
清水　アメリカンですねえ。割と軽い感じなんだね。
三谷　うん。像自体は重たいですけどね。
清水　もらったような言い方やめてください。
三谷　いや、でもね、いつかね、僕も目指しますよ。いずれ取りますから、その時はみんなで行きましょう。
清水　行く行く。その時はこのラジオも向こうで収録しましょう。
三谷　アカデミー賞の会場で、通りすがりの俳優さんにも出てもらってね。
清水　そんな夢の話の前に、現実の日本アカデミー賞の話ですが。ごめん、私観てなかったんですけど。
三谷　僕は日本アカデミー賞で監督賞を頂きました。
清水　すごいじゃん。
三谷　監督賞は五人ぐらいいて、その中から最優秀を選ぶんですよ。
清水　へえ。

三谷　発表される時、テレビでは顔が五分割されるんですよ。最優秀賞は誰々さんですという時に、ノミネートされている人が全員顔を映されて、その瞬間の表情がわかるようになるんです。

清水　考えたねえ。

三谷　でも僕は、そこで落ちても、「おめでとう」って他の監督を称えるのが恥ずかしかったから。

清水　そうだね。

三谷　わざと「くそ～」みたいな、こう頭掻きむしるみたいなのを前の時にやったんですよ。そしたら、なんかそれが割と評判がよくて、なんか雰囲気的にまた今回もやんなきゃいけないみたいな感じに周りがなっていまして。

清水　やったの？

三谷　絶対僕、取ると思わなかったから、名前が発表される前から、こう祈るポーズから始まって「お願いしますお願いします」って言って、「ダメだった」って言って、置いてあったワインをぐっと飲みほす、というところまでやったわけですよ。

清水　熱演ですね。

三谷　しかもその前に優秀賞をもらって、それぞれが舞台上でスピーチというか、コメントも言うんですよ。

清水　「ありがとうございます」と。

三谷　だから、その段階でわざと「もう僕はここに立てるだけで十分です」みたいなことを言っておいて、その直後に祈りのポーズで「お願いします、神様」みたいな。
清水　どっちなんだって。
三谷　結構、皆さん喜んでくださったんですけど、自分でやっといてこんなこと言うのもなんですが、これっていつまでやり続けるんだろうって。
清水　ホントね。今後もなんかあの表彰式にはずっと行くような気はするんだけど。
三谷　呼んでいただけるのは光栄なんですが、行くたびにやらなきゃいけないのかな。
清水　いけないし、万が一取るということもあるからねえ。
三谷　だから、取るまでやり続けるしかないですね。「神様お願いします」と言って、「ああ、ダメだった」ってお酒を飲もうとした時に「お前だよ」と言われて「えっ僕⁉」。
清水　うわ、やりそうですね。
三谷　そのシーン、ぜひ観てください。

ついでの話〈日本アカデミー賞〉
　わが国の映画芸術、技術、科学の向上発展のために、その年度の該当者に栄誉を与えると共に、会員相互の親睦ならびに海外映画人との交流を図り、わが国映画界の振興に寄与することを目的として日本アカデミー賞協会が設立した賞。作品賞、アニメーション作品賞、監督賞、脚本賞、主演男優賞、主演女優賞、助演男優賞、助演女優賞、音楽賞、撮影賞、照明賞、美術賞、録音賞、編集賞、外国作品賞などがある。三谷幸喜監督は「ラヂオの時間」「みんなのいえ」「THE有頂天ホテル」「ザ・マジックアワー」と、全ての監督作品で優秀監督賞、優秀脚本賞を受賞しているが、最優秀賞は「ラヂオの時間」で西村雅彦が最優秀助演男優賞を受賞しただけである。

毎朝おきゅうとを食べていたのは昔。今は明太子ですよ。――三谷

九州では朝は明太子と。――清水

清水　この間、矢野顕子さんのコンサートのゲストで大阪に行ってきたんですよ。
三谷　会場はどこだったんですか？
清水　サンケイホールブリーゼ。
三谷　はいはい、劇場のね。まだできたばっかりですよね。
清水　新しい劇場だったんですけど、行ったら「サインをどうぞ」って言われて、きれいな壁にサインしてきました。でも見たらあなたのサインがありましたね。
三谷　僕の場合は「書いてください」と言われたから書いたんですよ。
清水　みんなそうですよ。好き放題に書くわけないでしょ。「失礼しま〜す」と言いながら、こんな壁にいいのか？　とも思いながら。
三谷　どういうことですか？
清水　サイン書き放題じゃん。
三谷　うん。
清水　あれ、大丈夫なの？
三谷　あとあとみんな書いちゃうということ？

清水　サインだらけにならないのかな。ずら〜っ。
三谷　それはそれで、なんかお洒落でいいんじゃないですか。
清水　そうか。ホールが真っ黒で、びっくりした。一歩裏へ行くと、白い壁面がいっぱいの劇場なんだよね。
三谷　そうなんですよね。舞台裏はホント真っ白でね。「2001年宇宙の旅」みたいな感じなのね。
清水　「2001年……」もそういえば、真っ白だったね。って、すごい表現するね。
三谷　う〜ん。で、劇場の中はホントに黒を基調にしたとこだったし。
清水　うんうん。だから、どうもありがとうございましたってステージから去ろうとすると、クラ〜ッときますね、ちょっとびっくりしますね。現実。
三谷　ばあっと真っ白になるからね。
清水　そうそうそう。
三谷　矢野さんとトークと歌をやったんですか？
清水　一緒に四曲ぐらいピアノを演奏させてもらったんです。
三谷　矢野さんの歌を？
清水　うん。ピアノ二台用意してもらって。普通は自分が観客だとすると、二台ある場合、左側に偉い人が座るみたいなのね。
三谷　うんうん。ピアノの上手な人ね。

清水　そう。で、右側にいるのはだいたい二番手というか、僕なんかとてもとても、という人がそっちへ行くんだけど。「清水さんはたぶんこっちのほうが慣れていらっしゃるだろうから」と言って、自分がボロいほうのピアノを選んで右側のほうに来てくださったんですよ。ありがたき幸せ。だけど、あまりにもアガってて、そのことにお礼もなんにも言えず、しかもなんかメイクさんが言うには、時々矢野さんが話しかけているのに、ずっと無視みたいな感じだったんだって。

三谷　舞い上がっちゃって？

清水　ホント自分のメンタルってややこしい。

三谷　無視したのは楽屋で？　それとも舞台上でということですか？

清水　なんかね、演奏の合間に「これ、ＣＤにしてもいいよね？」って言ってくれたのに、あまりのびっくりした一言に、なんにも言わずに次の曲にいき始めて。

三谷　それはアガッたというか、そういうことが、よく僕に対してもありますからね。

清水　三谷さんには絶対ないわ！

三谷　いやいや。なんか、話聞いてないことが多いですからね。

清水　そっちか。

三谷　普段から聞くように努力してないから、大切な時にそういうことになる。

清水　以後、気をつけます。で、感動したのが、矢野顕子さんと一緒に食事もしたんですよ。

三谷　二人で？

清水　スタッフの方を交えて十数人ぐらいで食べに行ったんですけど。うどんすきって知ってる？

三谷　いつもね、「かに道楽」に行った時に、かにすきとかにしゃぶの違いがよくわかんなかったりするんですよね。

清水　かにしゃぶといったら、しゃぶしゃぶするんだろうなというのがわかるけど。

三谷　かにすきというのはなんだろう。

清水　ね、そこなんですよ。

三谷　すきというのは。

清水　うどんすきというのは、私はすきやきうどんのことかと思って、変わったものを召し上がるんだな、と思ったら。

三谷　それは全然違いますよ。

清水　まあ、そうですね。全く違うものでした。

三谷　僕のイメージはなんか寄せ鍋みたいなやつ。

清水　そう。そうなんですよ。初めにとにかく寄せ鍋パーティが始まるんですよね。うどんすきって言いながらうどんがないじゃありませんか。

三谷　最初は普通の鍋ですよ。

清水　うん。

三谷　で、だしが入っているか入ってないか、これは大事なところですけど。寄せ鍋だと自

清水　分のお皿におつゆを入れるんですけど。
三谷　うん。
清水　うどんすきも飲めるんですよ。
　　　飲める飲める。それで寄せ鍋の〆にうどん出るところがあるじゃん。「うどんもつける？」みたいな感じだけど。それはうどんすきとは言わないで、鍋っていうよね。
三谷　うどんは最後にしか出てこないのに、なんでタイトルについているのか？
清水　そうそう。美々卯ってあるじゃん。
三谷　ん？
清水　漢字で美しい美しい……。
三谷　はい。あの美しい美しい卵。卵じゃないか。
清水　卵に似ているけど違うんだよ、これが。う年の卯。
三谷　ミミウって読むんだ。
清水　これまで、なんて読んでた？
三谷　ビビラン。
清水　ビビラン。まずそうだね、だらしのない店だ。
三谷　しかも卵じゃないということを今、僕初めて知りました。
清水　そんなこと知らない人が、さっきから偉そうなのに驚かされます。
三谷　「美々卯」とどういう関係があるんですか？

清水　そう言えば一回美々卯で食べたことを思い出したんですけど、美々卯がうどんすきの元祖なんですよ。商標登録もしてあるんだって。
三谷　うどんすきって商標登録されてるんだ。
清水　なんか美々卯の創業者が「どうぞ使ってください。他の店が名乗っても平気ですよ」と言ったから、うどんすきというのがそこから広がったんだって。
三谷　ホントに？
清水　美々卯行ったこともあるんだし、体の中で「よしっ」て反応してもよさそうなのに、うどんすきって言われると、やっぱりいまだにすきやきうどんって思っちゃうんですよ。
三谷　すきやきはだって砂糖とか入っているやつでしょ、醬油とか全部。
清水　そうなんです。関西の方ではすきって言ったら、鍋全般のことを言うんだって。
三谷　そうなんだ。鳥すきとかかにすきもそうですね。
清水　「すき」はなんだということをタナカさんに調べてもらったら、鋤《すき》とか鍬《くわ》とかあるじゃん。
三谷　畑の道具だ。
清水　だから、元々はああいう鉄製のものから来たんじゃないか、という話になったんですけどね。
三谷　あれは好きなものを入れるからでしょ。

清水　ええー、好み？
三谷　うん。お好み焼きみたいなものじゃないですか。
清水　すきやきってめちゃくちゃ具材が決まっているじゃん。春菊はあり、キャベツはなし。もやしもなし、みたいな。
三谷　そんなことないですよ。
清水　白菜あり、みたいな。
三谷　もやしはない、白菜もないけどね。
清水　白菜はあるよね。
三谷　白菜ないよ。
清水　あるよね？　みんな頷いている。
三谷　すきやきに白菜？
清水　すきやきに何を入れるの？
三谷　お麩。
清水　違う、違う。メインの野菜。
三谷　長ネギと、あとなんだろう。白菜的なものはありますよね、確かに。
清水　白菜的ってなんですか。よく知らないなら知らないでいいじゃないですか。
三谷　今の話で思い出したのが、辛子明太子もそうなんですね。僕、九州の人間だから詳しいんですけど、辛子明太子の歴史はそんなに古くないんですよ。戦後なんです。

清水　すりかえましたねえ、話題の具材。
三谷　あるお店の方が、韓国に行った時に食べた、なんかそういうものがあって、それをどうやって日本に持ってこられるかみたいに考えて。で、辛子明太子を作ったんだって。
清水　なるほど。確かに、辛子じゃなくてキムチ明太子じゃん、って思う時があります。
三谷　確かにね。で、明太子とたらこの違いとかって知っています？
清水　明太子と言ったらもう、絶対真っ赤な辛いやつ。もうとにかく辛さ重視で、たらこは辛くないやつ。
三谷　ホントは明太子というのはたらこなんですよ。
清水　ふうん。で、唐辛子につけたやつが。
三谷　辛子明太子。だから、明太子で辛いの想像したかもしれないけど、それは違うんだよ。
清水　どうでもいい情報ありがとうございます。
三谷　興味のないこと、ホントに乗ってこないですよね、清水さん。
清水　というか、話の持っていき方にもあるんじゃないですか。
三谷　明太子を朝一本食べる？
清水　一本じゃなくて一腹でしょ。
三谷　一腹。
清水　食べないね。朝食べてるの？
三谷　食べますよ。

清水　前はさ、毎朝おきゅうと食べていると言っていたよ。
三谷　おきゅうとは今は食べていないですよ。福岡の人々は、朝「おきゅうと〜」と売りに来るから、「おきゅうとください」って買って食べてたの。こっちの納豆の代わりですよ。
清水　朝にはよさそうだけど、納豆の代わりではないと思うよ。いちいちうるさいようだけど。
三谷　うるさいな。
清水　全然違うと思う。
三谷　立ち位置が同じですよ。ご飯とおかずとかあって、そこにもう一品こう、ちっちゃい器で。
清水　私、納豆のことはすごく好きなので、これだけは言わせてもらう。おきゅうとはもう少し存在感が弱いものだと思うんですね。
三谷　おきゅうとは強いですよ。
清水　納豆はメインじゃないみたいに見えるけど、あの子はメインをはれるんですよ。だけど、普段は私はいいですって言って、一歩下がっているんです。
三谷　おきゅうとだって力はありますよ。
清水　納豆は志村喬なんですよ。
三谷　いいこと言った。

清水　全然よくないですよ。
三谷　おきゅうと食べたことないでしょ?
清水　何回もありますよ。味そのものはさ、納豆みたいに主張しないし、納豆食べると絶対ご飯とか欲しくなるけど、おきゅうとはさ、別にそのままでいいですよ、「僕はところてんみたいなもんなんですから」じゃん。
三谷　まあ、そうか。
清水　左ト全だから。
三谷　黒澤映画で言うとね。毎朝おきゅうとを食べていたのは昔。今は明太子ですよ。
清水　九州では朝は明太子と。
三谷　実際、毎日欠かさずに明太子を食べるわけではないけども。もらった明太子をどうやって食べようかという時に、やっぱ一腹丸々食べるんです。でもこっちの人はすごくびっくりするみたいですね。
清水　塩分多そうだもんね。
三谷　でも、大きさで言ったら、シャケの切り身と同じくらいなのにね。僕らは平気で食べるんですけどね。
清水　うちは明太子は切って食べるよ?　やっぱ好きなんだね。
三谷　辛子明太子、うちはもう手づかみですよ。
清水　ああ、そうですか。刺激の少ないトークはこのへんで。

ついでの話〈うどんすき〉

うどんを入れた寄せ鍋。大阪が本店の老舗料理店「美々卯」の先代・薩摩平太郎が昭和三年に考案。「うどんすき」の名称は美々卯が商標登録しているが、「うどんすき」が広まれば と、他のお店でも使用するのを許したため、一般的名称として使われている。ちなみに農具の鋤の金属部分を火にかけ、鍋の代わりに魚や豆腐を焼いて食べたことから「鋤焼(スキヤキ)」と呼ばれるようになったという。その後、牛肉を用いるすきやきが一般的となったため、「すき」に鍋物の意味を持たせ、牛肉以外の材料を用いる時は「魚すき」「鳥すき」「かにすき」などと呼ぶようになった。

徹子さんの話って動物たちが擬人化されるんですね。——三谷
そうそう、ヤモリが意外と日本語をしゃべるという話は一緒に聞いたよね。——清水

清水　この間、久しぶりに私、「徹子の部屋」に出たんですけど。なんか衰えたなと思って。
三谷　清水さんがね？
清水　当たり前じゃないですか！　私と徹子さんしかいないんですよ。
三谷　びっくりしましたよ。
清水　徹子さん、衰えしらずですから。
三谷　若々しいですよね。
清水　前に出た時に徹子さんがこういう話をしたのね。「私、田中眞紀子さんとすごく仲がいい。時々電話かかってくるんだけれども、あの方はものすごく早口なので自分が返事をする暇もない」。私はそれを聞いて「田中さんもたぶん同じことを思ってらっしゃるでしょうね。徹子さんと話しているとあまりに速いので、自分が相槌を打つ間もなかったと」と言ったら「あら、そうね。清水さんもそういうネタやったらいいじゃない」って言ってもらって。
三谷　清水さんのあのネタは、徹子さんがきっかけで。

清水　そうなんです。翌日にふと思い出してライブでやっちゃいました。
三谷　清水さん「徹子の部屋」に出るのは何回目？
清水　私、びっくりしたんだけれど、もう七回目なんですよね。
三谷　そんなに出ているんだ。
清水　うん。それで、やっぱりモノマネの話に自然となっていって、徹子さんが「私ね、一人だけできるの」っていつも教えてくれるのが、北林谷栄さん。トトロに出てくるおばあちゃん。「そりゃまっくろくろすけの仕業じゃ」
三谷　名女優さんですよ。
清水　北林さんに「夫婦仲はいかがですか？」と徹子さんが聞いた時、北林さんがこういうふうに答えたんだって。「視界波穏やか」（※）って言って。
三谷　視界、波、穏やか。
清水　大変見通しがよくて荒波も立たず、夫婦仲は円満であるぞ。
三谷　穏やかだということだ。
清水　「視界波穏やか」ってモノマネをされる徹子さんに、うわあ、すごい、いい日本語ですねって言うんだけど、もう七回ぐらい聞いているんですよ。
三谷　毎回その話になるんだ。僕は二回ぐらい出していただいたんですけど。あれって生放送じゃないんだけれど、撮り方がもう生放送のようじゃないですか。CMの時間もちゃんと作ってね。だから、すごいハイテンションというか。

清水　想像以上に濃厚なんだよね。
三谷　ね。
清水　徹子さんの下調べもすごいしね。ゲストのことをすごく勉強されてるの。
三谷　「ダウンタウンＤＸ」に出た時に、なんか「徹子の部屋」に似ているなと思ったの。
清水　ああそう。
三谷　ぶわあっとすごいもう、勢いでいくじゃないですか。それを徹子さんは一人でやられているわけだからすごいですよね。
清水　徹子さんのパンダの話って知ってるよね？
三谷　徹子さんパンダ好きですからね。
清水　パンダという存在がまだ日本に知られてない頃から、写真集で見てパンダを好きになって。写真とかを集めながら人にも見せたりしてたんだって。で、ある時、イギリスの動物園にいるパンダを見に行ったんだって。
三谷　へえ〜。
清水　そしたら、ずっとそれまで横になって寝てたパンダが、徹子さんと目が合うやいなや、おう、という顔をして。ガラスのぎりぎりまで来て、二人は接吻したという話なんですけど。
三谷　ガラス越しにキス。いい話じゃないですか。
清水　徹子さんの動物話、もう一つが馬の話で。山梨の湖の近くで乗馬をしてたんだって。

三谷　それで、馬ってそんなに考えないでどっかに行くものなのか、湖のほうにず〜っと。

清水　行っちゃったんだ。行っちゃったんだけど、なんか水が増してきたのか深いほうに行ったのかわかんないんだけれど、このまま行くと溺れてしまうと思って。

三谷　引き返せないんだ。

清水　まだ乗馬も得意じゃなかったんじゃない？　で、徹子さんは馬の耳元にね、「申し訳ないんですけれども、引き返していただけますか？　せっかくですけど、危ないと思うので」というふうにお願いしたら、ああ、わかりましたみたいな感じで。

三谷　面白いですね。

清水　引き返してくれたので、私は生き長らえたと。

三谷　徹子さんの話って動物たちが擬人化されるんですね。

清水　そうそう、ヤモリが意外と日本語をしゃべるという話は一緒に聞いたよね。

三谷　聞きましたね。

清水　「ヤモリがホテルの部屋にいてね、わたくしね、やだなと思って殺虫剤みたいなものをホテルの方にお願いして、シュッと吹きかけてみましたの。そしたらね、しばらくはね、おとなしくしてたんですけれども、そのうち家族をたくさん連れてくるようになって。『何、あの人、本当に頭にくるのよ。あなた、ちょっと聞いて』ってね、家族のみんなに私の悪口を言いふらし始めましたの」って話。

三谷　僕らはどう反応すればいいんですか？
清水　「ええ」としか言いようがないじゃないか、あんな純粋な人に。でも、どうも本当の話らしいし。
三谷　そうなんですよね。あの方の中に嘘はないですもんね。
清水　うん。三谷さんと違って徹子さんに嘘はないよ。
三谷　清水さんが「徹子の部屋」に出られてる間に僕は、お芝居を観に行ったんです。立川志らくさんという噺家の方がやってらっしゃる「下町ダニーローズ」という劇団の公演。
清水　日芸つながりだ。志らくさんも三谷さんも日大芸術学部出身だもんね。
三谷　なんで行ったかというと、その劇場がうちのすぐ近所なんです。
清水　三谷さんが犬連れて散歩ついでにいらっしゃったって、志らくさんのお弟子さんの志らさんに聞きました。
三谷　そうそうそう。たまたまね、犬の散歩コースだから。あっ、ここでやるんだとかって思って。すごい狭い劇場なんですよ。ああいう小劇場で観たの久々ですよ。
清水　何人くらい入れるの？
三谷　五十人ぐらいかな。
清水　というと、教室ぐらいということだよね。
三谷　もう下手したら教室よりも狭いぐらいですよね。昔何度か観に行った劇場ですけども、

清水　懐かしかったなぁ。
三谷　へえ。なんという劇場？
清水　千本桜ホール。
三谷　名前は大きく出たね。
　　　志らくさんというのは、よくわかんないけど、なんでこのスタジオによく出没するんですか？
清水　うちの放送作家のマツオカさんと仲いいのと、高田文夫さんの預かり弟子でもあるのね。私が高田さんと毎週番組やっているからじゃないかな。
三谷　そうなんですか。で、お芝居の前に志らくさんが前説をやってらっしゃったんですけど。全然僕の知っている彼ではなかったんで、びっくりしちゃったんですけど。
清水　どんな彼なの？
三谷　ものすごい声がでかいんですよ。押し出しが強い感じ。
清水　じゃあ、いつもの志らくさんのほうがいいじゃないですか。
三谷　そうなんですよ。いつもあんなに遠慮がちなのに、すごいイヤだった。
清水　会場のアンケート用紙に、三谷さんから「いつもそういう態度でいてください」と書かれてましたって喜んでたよ。
三谷　志らくさん、普段僕らの前にいる時って、すごい脅えているでしょ。僕はもうダメですって。

清水　助けて助けて。
三谷　そういう感じなんです。
清水　そうそう。
三谷　それなのに前説に出て来た時には、ようこそみなさんいらっしゃいました、みたいな感じで。
清水　そんなイヤな感じなの？
三谷　うわあきついなと思って。
清水　よく言っておきます。アンケートを書くってのもすごいけど。
三谷　アンケートって、もう絶対悪いこと書きたくないんですよ。
清水　三谷さんクラスになったら書かなきゃいいじゃないですか。
三谷　でも、一応招待されたんで、書かないといけないかな。
清水　それよりは、なんか美味しいものとか持っていったらどうですか？
三谷　たいやきは持っていきました。
清水　まずは甘口でアンケートも甘口。
三谷　だって、自分がね、アンケートもらって読んだ時にイヤなこと書いてあるとね、もう本当に眠れなくなるわけですよ。だから、観て面白かったなあというところは素直に書きましたよ。
清水　最後までちゃんと観たんですか？

三谷　もちろん。途中で帰るわけにいかなかったというと、つまんなかったみたいに聞こえるけど。

清水　当たり前じゃないですか。

三谷　ちゃんと面白かったし最後まで観ましたよ。やっぱああいうちっちゃい劇場はね、あれはあれでなんかいいもんですよね。

清水　誰かが、一万人以上のところって、五十人ぐらいの規模のところに比べると、ちょっと馬鹿っぽいって書いていたんだけれど。その言い方はキビしいけど、五十人クラスの空間ってなんか確かに知的な感じはするんだよね。なんでだろう。

三谷　そうだね。僕ら劇団始めた頃は百人ぐらいのところで。それから、今度なくなっちゃうシアタートップスというところでやって。

清水　シアタートップスの前って、どこだったんですか？　小屋は。

三谷　その前は下北沢で駅前劇場を中心に。

清水　あんなちっちゃいところからやったんだ。へえー。

三谷　で、トップスは百五十ぐらいなんですよね。で、パルコとかで今やってて。で、たまに大阪とか行くと、この間のね、サンケイホールブリーゼみたいに。

清水　あそこは千二百ぐらいでしょ。

三谷　それより大きいのは僕やったことないですけど。五十人ぐらいのところからやったりして思うのは、やっぱりでかいところのほうが伝わりにくいのは伝わりにくいんですよね。

清水　なんだろうね、あれ。物理的な話じゃないんだよね。

三谷　五十人だと全員が面白いと思う瞬間があるかもしれないけど、千二百人が同時に面白いと思うことは少ない。

清水　確かにそうだね。

三谷　一番後ろで見ているとすごくわかるんですけど、笑いってなんか波のように、一斉に笑うんじゃなくて、前のほうから徐々にくるんですよね。だから、千二百人が同時に笑うということはないです。

清水　なんでだろう。同じ音を聞いて同じものを見ているのに遅いっていうよね、笑いがふわあって。

三谷　確実に遅いんですよね。

清水　人により個性があるから、「今、洒落言ったのか、ははは」というのが遅い人もいれば、瞬間にわかってすぐ笑いが終わる人もいるということだね。

三谷　あと、やっぱりあれじゃないですか。一番前の人はセリフを聞いた瞬間にすぐ反応できるけど、やっぱり百メートル先の人が面白いことを言った時には、ちょっと時間差があるんじゃないですかね。

清水　なるほど。だから、お芝居とかお笑いは難しいけど、音楽はそこが可能なんだね、きっと。

三谷　そうですね、だから音楽は素晴らしいですよ。数には強いですよね。
清水　うん、一人でも何万人の前でも可能だもんね。
三谷　あの時に感じましたよ。平井堅さんとやった時に。
清水　あれはお笑いじゃなかった？
三谷　違う。音楽ですよ。音楽の力はすごいと。これだけの人を笑わせろと言われてもできないなと思ったもん。
清水　えらい笑われてましたよ、ある意味。

ついでの話〈徹子の部屋〉

テレビ朝日系列で、お昼一時二〇分から放送中の黒柳徹子司会の対談番組。放送開始は一九七六年二月二日と古く、当時はテレビ朝日もＮＥＴ（日本教育テレビ）と名乗っていた。一回目のゲストは森繁久彌。毎年最後の放送にはタモリをゲストに呼ぶのが恒例となっている。基本は収録であるが、一九七七年四月一日に社名変更記念番組「わが家の友だち10チャンネル・徹子のナマナマ10時間半」で初の生放送を実施。この時のゲストは三笠宮寛仁親王殿下であったという。ライブツアー「清水ミチコのお楽しみ会２０１０」では、伝説となった「徹子のヤモリトーク」が本人出演映像で紹介され、観客を呆れ……驚かせた。

※「視界波穏やか」は慣用句では「四海波静か」だが、徹子さんの北林さんのモノマネでは、このように言っている。

お風呂入る時に脱ぐじゃないですか。靴下も脱いで。で、洗濯機の中に入れるんですけども、その段階で一個なくなるんですよ。――三谷

下着泥棒みたいな靴下泥棒がいるのかもね。片足フェチ。――清水

清水　私、高校時代とか、よく長電話というのをしてたんだよね。
三谷　長電話、しましたよね。何をしゃべってたんだろうって思うくらいに。
清水　そう、無理やり話題考えたりしてね。
三谷　携帯は便利になりましたよね。ｄｏｃｏｍｏのおかげですよ。
清水　もちろんです。この番組だってｄｏｃｏｍｏのおかげです。
三谷　最近は長電話ってしてないなぁ。
清水　そうなんですよね。大人になって結婚すると、ちょっと遠慮するじゃないですか。あっ、忙しいんじゃないかとか、ラブラブなんじゃないかと思ってさ、こっちからも。
三谷　もう用件しか伝えないね。
清水　私はこの間、久しぶりに光浦靖子さんと長電話したのね。で、長電話はいいんだけれど、やっぱり二時間、三時間経ってくるとお互い飽きてきて、光浦さんは片手間に手芸をやり始めたの。
三谷　しゃべりながら手芸を？

清水　私もこう顎で電話を押さえて、キッチンでしゃべりながら。
三谷　携帯で？
清水　うん。キッチンの掃除をしながらしゃべっていたんだけど。途中でお水をぴっと出したのね。ちょろちょろちょろって、ここちょっと綺麗にしようと思って。そしたらしばらくして、光浦さんが「清水さん途中でトイレ行ったでしょ？」。「行ってないよ。いくらなんでもね、私ね、そんなことできる人間じゃないですよ」って。「ちょっと聞いてみて」と言って、キッチンの水をじゃば〜っと出して無実を証明しましたよ。
三谷　ああ、なんか、でも思い出しますねえ。昔は確かにねえ、長電話の間に、トイレも行きましたよ。
清水　一回切ればいいのにね。
三谷　僕だって青春のね、甘酸っぱい思い出がありますから。
清水　三谷さんが失恋したという話、なんかで読んだな。
三谷　いっぱいありますよ。
清水　いっぱい？　そんなに恋多き人に見えないけど。
三谷　いや、たぶん清水さんの十倍は。
清水　すっげー格好いい。ユーミンみたい。今度恋愛相談お願いします。
三谷　なんでも聞きますよ。
清水　奥さんとは、電話どころか会話もしてなさそうだけど。

三谷　今ですね、うちの妻が長期海外に行っているんです。
清水　ちなみに今回はどこに行ってらっしゃるんですか？
三谷　タイのほうかな。
清水　それすら知らない人間に恋愛相談なんてしたくない。
三谷　奥さんいないから、洗濯とかも自分でやっているんですよ。洗濯してて思うんですけど、ホント大変じゃないですか。しまうのも辛いし。
清水　「洗う」のスイッチまでは簡単なのにね。
三谷　うん。あまりに面倒なので、僕は脱いだ下着とかは、直接洗濯機に入れるようにしているんですよ。それはみんなそうなの？
清水　うんうん。
三谷　で、どんどん溜まっていく感じ？
清水　うん。だから、洗濯機ってお風呂のところに置いてあるんじゃないかな。
三谷　お風呂のすぐ側《そば》にね。
清水　海外のおうちで不思議なのは、洗濯機がよくキッチンにあるでしょ。これがドイツ製の高級システムキッチンですってのも、洗濯機がついてたりする。
三谷　やっぱ水周り系集めるのかなあ。
清水　だからって台所に衣類ってのもどうかと思うんだけれど。
三谷　台所で脱いで入れてから風呂場に行くということ？

清水　たぶんあっちの考えとしては、主婦の仕事を一気に終わらせたほうがいいじゃない、みたいのがあるのかな。日本人はお風呂入りながらのほうがいいですけどね。
三谷　そうですよね、皿と一緒に洗えるんだったらまだしもね。違うもんね。
清水　奥さんが留守がちだと、三谷さんにはいい訓練になってますよね。一人で生活したことないんでしょ？
三谷　僕、一人暮らしってないんですよ。
清水　すごいなあ。
三谷　洗濯したものって、そこから一回出してタンスにしまうものなの？
清水　面倒臭いよね。あれがなきゃ本当にいいよね。ああいうシステムないかね。「畳んでおきました」みたいなやつ。
三谷　絶対いいですよね。
清水　はっきり言って、家族のものの区分けも面倒臭いんですよね。
三谷　しかもね、靴下が絶対一個なくなるんですよ。
清水　三谷さんらしいな。
三谷　あれはどこにいっているんですか？　もう一個は。
清水　あるんですけれども一緒に畳む時になくすんじゃないですか。洗濯しました。乾かしました。お部屋に持っていきます。その時に左右の靴下をくるっと一つにしてしまってないでしょ？

三谷　僕は乾燥機の中から出して穿いてますから。
清水　靴下どっかに脱ぎ忘れたんじゃない？
三谷　昔からなんですけど、お風呂入る時に脱ぐじゃないですか。靴下も脱いで。で、洗濯機の中に入れるんですけども、その段階で一個なくなるんですよ。
清水　下着泥棒みたいな靴下泥棒がいるのかもね。片足フェチ。
三谷　すごいマニアックなね。
清水　関係ないけど、ちっちゃい頃一回ぐらい「今日は洋服着たままでお風呂入ってもいいよ」と親に言われたことなかった？
三谷　あったかもしれないなぁ。
清水　「入ってみたい」って言ったら、「今日はいいよ別に」とお母さんに言われて。でも全然楽しくないね、あれれって思った。やっぱり気持ち悪いし。
三谷　確かにぽあんとね、重くなりますしね。
清水　着衣泳って知ってる？
三谷　ん？　何？
清水　最近の子どもは着衣のままで泳ぎを学ぶんです。
三谷　洋服着たままで泳ぐということ？
清水　そう。
三谷　着衣泳。

清水　なんか中国の偉い人みたいでしょ。
三谷　チャクイエイ。
清水　チャクイエイ首相って感じだけど、練習をやっておくと、いざ溺れたという時に意外と助かるんだって。
三谷　なんかあった時に衣服の重さにびっくりしないで済むんだ。
清水　確かに会得しておくといいことだなと思ったんですけど。お母さんは洗濯、大変だろうなとも思いましたけどね。
三谷　びしょびしょになった服を持ち帰ってお母さんが洗濯する。
清水　さすがにそれは夏しかムリだなあと思いますね。
三谷　ホントはもう着たままね、洗濯できるようなところがあるといいよね。車を洗うところみたいな。
清水　いや、それ万博であったでしょ。
三谷　ほんとですか。
清水　人間洗濯機。割と有名ですよ。
三谷　人間洗濯機？　服着たまんま、どっか入って。
清水　ごめん。裸ではあるんだけれど、全部機械が。水と泡が出てきて。
三谷　体を洗ってくれるということ？
清水　うやむやにね。

三谷　それはちょっとあれですね。どっか汚れが耳の後ろとか残りそうだもんね。
清水　そうなんですよね。何が家事で一番嫌われていると思います？
三谷　家事の中で？
清水　一番好かれているのはわかるね？
三谷　料理は好きでしょ。
清水　料理嫌いな人もいっぱいいますよ。
三谷　僕は料理の片付けがヤだな。
清水　そう。それ一位なんですよ。
三谷　わかるわかる。
清水　好かれている家事何か知っている？
三谷　掃除機。
清水　ブブー。
三谷　掃除機楽しいですけどね、いろんなもの吸ってくれて。
清水　それはたまにやるからですよ。いろんなもの吸ったあと、捨てる時点検している？
　　　だから、靴下もなくなるんですよ、たぶん。
三谷　あれだ。台所の換気扇の汚れ落とし。
清水　好きなの？
三谷　シールをこうぴっと剝がすやつ。

清水　なんだろう。人んちによっていろいろあるからね。シールって言われてもわかんないですね。
三谷　コロコロ系は好きなんですよ。コロコロ転がして、いろんなゴミを取るやつ。
清水　コロコロ系はなんで楽しいのかな。私も楽しい。
三谷　ねえ、楽しいですよね。
清水　うん。もう捨ててもいいけどもう一回やってみるか、という時もなんか面白いんですよね。
三谷　まだ取れるんだってね。
清水　それじゃないんですよ。一位はそれ家事？　って思うかもしれないですけど、買物なんだって。買物はやっぱりちょっとした気分転換にもなるんでしょう。
三谷　確かにね。なりますね。そうか買物も家事なんだ。
清水　こうして考えてみると、家事の九十九パーセントって何かを片付けることだね。
三谷　いい言葉だなあ。
清水　いい言葉でしょ。すごいしっくりきた。
三谷　つまり、生きることって散らかすことなんだね。
清水　私たちはしゃべり散らかしてますけどね。

ついでの話〈万博の人間洗濯機〉

大阪で開催された万国博覧会ＥＸＰＯ'70において、三洋電機の「ＳＡＮＹＯ館」で出展され話題を集めた未来型風呂システム。正式名はウルトラソニックバス。流線型のカプセルの中に座るだけで肌を清潔にするだけでなく、マッサージボールや超音波ウルトラソニックの働きで、健康と美容に効果が期待できると宣伝されていた。メインスイッチを押すだけでかかり湯、マッサージ、あがり湯、エアータオルが完了する完全自動バスであった。人気の秘密はそのシステムもさることながら、美人コンパニオンが水着姿で透明の人間洗濯機に入る実演ショーを実施したのも大きな理由である。ちなみにこの人間洗濯機は、大阪府守口市にあるサンヨーミュージアムで今も見ることができるが、実演はない。

不細工のいいところは老けたわねとか、太ったわねとか言い合えることなんだけれど、なんかすごい綺麗な人って突っ込みづらい。男性もそうかな。

――清水

まあね、二枚目はね。ああ、こうなっちゃったかみたいなのもね。――三谷

清水　新聞で見ましたよ、「サンシャインボーイズ復活」。
三谷　正式には「東京サンシャインボーイズ」というんですけどね。
清水　正式名があるんですか？
三谷　何にだって正式名はありますよ。だって「サンシャインボーイズ」というのは、ニール・サイモンという人のお芝居のタイトルなんですよ。
清水　それをまたパカ……パクったわけですね。
三谷　パカってもないし、パクってもないんですけど。当時流行ってたんですよね。東京乾電池とか、東京ヴォードヴィルショーとか。
清水　東京キッドブラザースとかね。東京ぼん太もだ。東京ブームというのはなんで？
三谷　わかんないですけど。劇団といったら、東京がつくという時代があったんです。二十年以上前ですけどね。
清水　東京糸井重里事務所とかね。

三谷　糸井さんとこ東京がつくの？
清水　そうなんですよ。で「東京サンシャインシティボーイズ」が復活と。
三谷　サンシャインシティでもないし、シティボーイズでもありません。大竹まことさんもいないし。
清水　芝居のほうはどんな感じですか？
三谷　人間やればできるんだなということがわかったんですけど。ホントこれはすごいですよ。土曜日の朝から僕は本を書き始めたんですよ。それで次の週の日曜日はもう通し稽古やってましたからね。
清水　ということは、かかった日数というのはどのくらいということ？
三谷　八日間。
清水　八日間。
三谷　八日間で書いてみんなで覚えてやったんですよ。
清水　ふーん。
三谷　やっぱりこう、みんなの阿吽《あうん》の呼吸があったればというかね。
清水　じゃあ、稽古も割とスムーズに？
三谷　もうとっとっとっとね。三十分ぐらいのシーンを渡して読み合わせをして、だいたいこんな動きでってやるじゃないですか。流れを作るんですよ。で、次の日、稽古の時はみんなセリフを覚えてて誰も台本を持っていない感じだったですよ。

清水　やっぱあれだね、みんなちょっとやりたかったんだね。
三谷　やりたかったんだね。
清水　待ってました！　ってのはお客だけじゃなく、役者さんたちも同じだったんだよ。
三谷　そう思ってもらえると脚本を書くほうとしては幸せですけど。
清水　それもさ、ヨリを戻してこれからず〜っと続けようじゃなくて、一回限りの復活だからね。
三谷　そうなんですよ。余計に気持ちが高まるんです。
清水　きっとそれもいいんでしょうね。
三谷　結婚もそういうふうになればいいのにね。
清水　えっ。三谷家やっぱりそこまで……。
三谷　うちは一度も休養してないし、これからもありませんよ。
清水　最近はバツイチは珍しくなくなったけど、どんどんどんどん結婚して離婚する人もいるよね。
三谷　まあね。
清水　それもそれで、すっごい体力と気力がいりそうだけど。
三谷　あれどうなんですか。同じ人と結婚する人いるじゃないですか。
清水　私の前のマネージャーさんのご両親がそうでしたね。
三谷　ホントに？

清水　四回ぐらい離婚、結婚繰り返して。
三谷　お父さんとお母さんが？
清水　その度に、オオキという名前になるの？　またモリグチになるの？　という感じで。
三谷　ちゃんと届けまで出すんだ。
清水　夫婦喧嘩の一番の山場が「じゃあ、これに判を押してちょうだい」だと思うんですよ、たぶんマックスが離婚届けにハンコ。それをやりたいんじゃないかな。「ああ、押すさ」
三谷　そうか、そうか。でも何度も繰り返してると、惰性になっちゃったりするんですかね？
清水　平気ということはないと思うよ。やっぱり一回一回、その時は本気なんじゃないですか、たぶん。
三谷　離婚するのは、まあ、嫌いになるからわかるんですけども。でも、嫌いだった人をもう一回好きになるとこがわかんないですけど。
清水　私ちょっとわかる。ああ、やっぱいいなあという時ない？
三谷　そういうものかな。
清水　私なんかね……いいや、ちょっと恥ずかしいからやめておこう。
三谷　そこまで言ったんだから、この際話しましょうよ。
清水　新幹線でさ、靴を見てこの人タイプだなあと思ったら、うちの旦那さんだったのね、それが。

三谷　こういうの聞く時の、なんか照れくさい気持ちはなんなんですかね。

清水　結婚するって不思議なもんですね。

三谷　うん。久々に劇団員と会った時もやっぱりみんな結婚していて、子供とかもいるわけですよ。

清水　そうか。

三谷　中学生の子とかね。で、稽古場に連れてきたりするんですけど、なんかね、変な感じでしたね。あんな大人げなかった奴に子供がいるなんてという。

清水　そうだね。当たり前だけどみんな大人になっていくね。ちょっとした話題なんかも健康のこととか、病気のこととか。

三谷　同世代ですからね。でまあ、老けたとか、白髪が増えたとかね、疲れたとか、そんな話ばっかりですけど。

清水　そんなこと言い合えるからいいね。女子の場合はやっぱすごい美人がいると、もう「老けたね」とか「疲れてるね」とかはタブーな感じ。

三谷　同世代で集まった時に？

清水　うん。その点、不細工のいいところは老けたわねとか、太ったわねとか言い合えることなんだけれど、なんかすごい綺麗な人って突っ込みづらい。男性もそうかな。

三谷　まあね、二枚目はね。ああ、こうなっちゃったかみたいなのもね。

清水　ね、言っちゃいけない。その点、サンシャインボーイズはね、みんな一様に言えそうだものね。なんてそんなに知らないけど。
三谷　確かにそんな感じしますよ。うちの劇団がよかったのは、スター俳優さんみたいのがいないんですよ。みんな割とこう均等に変な顔というか。
清水　そうか。個性のある顔。
三谷　個性のある人たちだから。突出した人がいないから。
清水　あれ、三谷さん、まさか出ないでしょうね。
三谷　僕はね、最初出ようかなとちょっと思ったんですけど。途中、ちょっと香港に行かなければいけなくなっちゃって、香港映画祭みたいのがあってそれに出るもので。それが本番と重なった。
清水　みんなが無理やりスケジュール空けてくれたのに、そっちを取るんだ。すごいねえ。
三谷　というか、やっぱダメですよ。十五年前はまだ僕もちょっと役者やっていたから、みんなと対等に張り合って、むしろ僕のほうが上手いんじゃないかという時も。
清水　ごめん。サンシャインボーイズの時は、しょっちゅうというか当たり前に出てたの？
書きながら出てたの？
三谷　半々ですね。
清水　半々？
三谷　やっぱり、自分が本番始まってからやることないのは寂しいじゃないですか。みんな

　でね、一緒にやってて。
清水　そうだね。
三谷　だから、自分の役を作って無理やり出るか、役がない時は、そっとセットの中に隠れているか。なんらかの形で舞台には出てましたよね。
清水　そんなこと言っていたもんね。でも、今回は全く出ない？
三谷　そうですね。出ないね。
清水　よく抑えたじゃないですか、それにしても。
三谷　みんなやっぱり上手になっているんですよ。
清水　そう？
三谷　十五年分のね、積み重ねがあるから。
清水　蓄積があるんだ。
三谷　ちょっともう張り合えないなとか。
清水　それみんなに言ってあげた？
三谷　ん？　言わないですよ、そんなこと言っても、彼らが図に乗るだけだし。
清水　仲間ってなんだろう（笑）。
三谷　でもね、びっくりするほど成長してるんですよ、やっぱり役者としてみんなこう、ちょうどいい時なんじゃないですか、四十代後半で。
清水　そうですか。

三谷　どうせ清水さんは観に来ないでしょ。
清水　なんかもう、予約でいっぱいだって聞きましたね。
三谷　どうしても観たかったら。
清水　この間、三谷さんの芝居にはびっくりするような数のファンがいるということに気がついて。私、今まで何をやってきたんだと。
三谷　何をやっていたんですか。
清水　行ってあげるよみたいな顔で座っている芸能人。これ聴いている芸能人にも言いたい。全部撤退しろ。三谷さんの公演は撤退ですよ。
三谷　どういうこと？　観にくるなということ？
清水　とにかく観たい人がいっぱいいるから、我が物顔に座ってちゃダメですよ。
三谷　まあね。確かに観たい人が多くて。だから、今回チケットも抽選なんですよ。
清水　しかも出演者だって、家族とか友達に観せたいだろうしね。「やっぱり三谷んとこばっかり十枚かよ」みたいな。「じゃあ、うちだって」となると、もう全公演いっぱいになっちゃうもんね。
三谷　そう、あんまり身内というかね、知り合いを呼んだりすると、一般のお客さんに申し訳ないみたいのがあって。僕の知り合いのホントに大事な人だけを呼ぶという感じ。
清水　残念。次回頑張るぞ。
三谷　すみませんでした。鈴木京香さんは来てくれるのかな。

清水　鈴木さん来るとやっぱり変な話、みんなも頑張ろうという気になるもんなの？
三谷　どういうこと？
清水　昔ね、こんなこと言っていいのかわかんないけど、つかこうへいさんがいっつも芝居をやってました。そこに中村紘子さんがいらっしゃるという日に、下品な冗談を全部止めたんだって。
三谷　ピアノの方？
清水　そう。ピアニストの中村紘子。
三谷　あの方、上品な方ですもんね。下品なセリフを全部カットした？
清水　冗談を全部カットして公演したって。
三谷　それはどうなんだろう。本当かなあ。
清水　私、高校の時にエッセイで読んだんだけど、芝居ってそういうことができるんだ、と思ってびっくりしました。
三谷　僕は逆ですね。もし、僕の芝居に鈴木京香さんがいらっしゃったら。もう考えられるだけの下品な話を……。
清水　なんで、いっつも鈴木さんが出ると沸くんだろう、この番組。

ついでの話〈鈴木京香〉
一九六八（昭和四十三）年五月三十一日、宮城県生まれ。高校二年の時スカウトされ、三年の時からモデルとして活動。大学時代に八九年カネボウ水着キャンペーンガールに選ばれる。九〇年TBS系「ホットドッグ」でテレビデビュー。九一年四月、NHK朝のテレビ小説「君の名は」で真知子役を演じる。以降ドラマ「彼女たちの結婚」「恋人よ」「きらきらひかる」「非婚家族」や映画「ベル・エポック」「サトラレ」などで活躍。ドラマ「王様のレストラン」(三条政子役)、「合い言葉は勇気」(犬塚信乃役)、「新選組!」(お梅役)、映画「ラヂオの時間」「ザ・マジックアワー」、舞台「巌流島」など三谷作品の常連で知られているが、「DoCoMo MAKING SENSE」の話題の常連でもある。

僕は初めて買ったサントラが「大脱走」ですよ。——三谷

わかりやすいわね、あなたの人生。——清水

清水　私、一昨年だったか、有名な演出家の方とお会いして「芝居出る気ありますか？」って聞かれて、「全然ないですね」と言ったら、すっごいびっくりされた。心の底から驚くような。

三谷　そんな人がいるのか。

清水　そんな人が。演劇の人って、演劇ほど素晴らしいものはないというふうに思っているのか、まさかそこに快感を得られない人がいるのかという感じで。「どこが面白いんですか？」って聞きたかった。

三谷　でも清水さん、演じたがっている感じしますもん。

清水　モノマネしているからかな。

三谷　う〜ん。なんか普段からこう、演じることに興味を持っている。

清水　好き好き。

三谷　でも、やりたくないの？

清水　芝居演劇の真面目なやつは。

三谷　やりたくない。

清水　うん。コメディとかね。そういうやつじゃなくって、なんて言うのかな、私出るとしたら、シキがいいんです、やっぱり。

三谷　コンダクターということ？

清水　違います。指揮者のような真似じゃない。劇団四季。

三谷　四季がやりたいの？

清水　と言えば、あそこです。

三谷　驚いたな。全然気づかなかった。

清水　ただ、浅利がＯＫ出すかどうかなの。

三谷　呼び捨てにしない。浅利先生は立派な方ですから。そうですか。

清水　「屋根の上のヴァイオリン弾き」

三谷　それ、四季じゃないですけど。

清水　四季じゃないんですか。

三谷　ミュージカル全部四季だと思っている？　とんでもないですよ。

清水　あれを観逃したのは、私のいまだに後悔するところ。

三谷　観てないんですね。

清水　すごくいいらしいですね。この間、西田敏行さんにお会いしたら、あれはよかったって言ってましたね。

三谷　西田さんもよかったし。

清水　森繁さん。
三谷　森繁さんもよかったし。
清水　観たの？
三谷　観ましたよ、両方。上條恒彦さんもやられてましたけどね。
清水　そうか、そうか。やっぱり声量があって歌が上手い人。
三谷　そうですね。なんかあれは元々ブロードウェイのお芝居じゃないですか。で、結構「マイ・フェア・レディ」とか、向こうのものをこっちに持ってくるのが流行っていた時代があって。
清水　そうか、そうか。まだ、四季とかはこれから躍進という時代かな。
三谷　当時はそうかな。
清水　面白いね。
三谷　で、初めてだから、向こうのものをそのまんまこっちに置き換えるんじゃなくて。
清水　演出して。
三谷　森繁さんが森繁節としてミュージカルを作ったんだって。
清水　残っているんですかね？　ＤＶＤとかで。当時のはないか。
三谷　僕はあれを持っていたの。ＬＰでお芝居丸々全部を録音したやつ。
清水　すごいねえ。昔っぽい。だから、想像するんだよね。
三谷　音だけ聞いて想像する。昔ありましたもんね、そういうの。

清水　今の子たちはホントＹｏｕＴｕｂｅとかね、すぐに再生してもう一回観ることができるから幸せだけど、昔はなかったから、とにかく何が流行ったってさ、映画音楽。映画音楽を買ってきてもう一回聴くんだよね。

三谷　そう。サントラをね。

清水　そうすると、自分の中で蘇《よみがえ》って。

三谷　ホントそうですよ。

清水　もう一度幸せに浸る。

三谷　ＤＶＤも何もないからね。もうそれしかないんですもんね。

清水　しかもサントラはさ、変にヌードの女の人とかさ、花と一緒の表紙が多くなかった？　なんじゃこれっていう。

三谷　なんですか？　それ。

清水　「ゴッドファーザー愛のテーマ」なのに、なんか半裸みたいな。

三谷　ああ、あれか。

清水　一時さ、いやに女の人が裸になる時期があったんだよね、ＬＰジャケットで。

三谷　ありました。

清水　お前何をやっているんだという。

三谷　でもあれは、サントラじゃなくて、映画音楽特集みたいなＬＰね。

清水　そうそうそう。

三谷　それで版権とかで映画のシーンの写真を使えない時に。
清水　そうそうそう。
三谷　女の人がバラ持っている、みたいのがあって。
清水　そうそう。ギターに隠れていたりするんだけれど。
三谷　ありましたね。
清水　悩ましいぞ、おいみたいな。
三谷　あった、あった。
清水　買いにくいんだよ、こっちはよ、という。そういうのありましたね。
三谷　僕は初めて買ったサントラが「大脱走」ですよ。
清水　わかりやすいわね、あなたの人生。
三谷　なんで？　で、サントラがあるということを僕は知らなくて、子供の頃ですから。で、「大脱走」をテレビで観て大好きで、なんて面白い映画なんだろうと思って。
清水　面白かったね。
三谷　なんか家で勉強をしてたら、うちの隣に大工さんの仕事場があって。そこで大工さんがラジオを聴いていたんです。そこで、「大脱走」のサントラが流れてて。あれ、「大脱走」観ているよ、あいつらと思って。
清水　あいつらじゃない。
三谷　彼らは。急いでテレビをつけたらやってないじゃないですか。なんだろうと思って、覗いたら、そのラジオからね、曲だけが流れて、そんなものあるんだと気づいて、すぐに買いに行ったんですよ。

清水　そうか、そうか、買いに。やっぱり昭和だね。初期だね。

三谷　初期じゃないけどね。

清水　初期じゃないわ。

三谷　どっちかというと、後期ですけど。

清水　私、「パピヨン」にえらい感動しちゃって。脱走もの好きなのかな。

三谷　スティーブ・マックイーンは、偉大なんだね。

清水　よく脱走するんだよね、スティーブ・マックイーンは。

三谷　脱走といったら、マックイーンですからね。

清水　そうですね。覚えてる？「パピヨン」ってさ。

三谷　覚えていますよ。

清水　とにかく何回も何回も逃げる。あれ本当の話よね、半分。

三谷　本当の話です。

清水　脱走しようとするんだけれど。そのたびに厳しいところに連れて行かれるじゃない。

三谷　どんどん捕まってね、また、どんどんもっともっと脱走できないところに連れて行かれるんですよね。

清水　そう。で、最後はもう厳しいところじゃなくて、孤島に。

三谷　そうそう。悪魔島に。
清水　悪魔島みたいなところ。そこにドガという親友がいたんですよね。
三谷　ダスティン・ホフマンですよ。
清水　すごい痩せ衰えていて、もう諦めきっているような。だけど、自然とかを愛している生活だったんだね。それでもう一回誘うんだよね。「脱走しないか？」って言うから。
三谷　もうおじいちゃんになっていてね。
清水　マジで？　みたいな、ドガの表情が。
三谷　すごい分厚い眼鏡かけて。
清水　俺いいです、みたいな感じの。
三谷　で、断る。で、おじいちゃんのマックイーンだけが「俺は行くぜ」と言って。
清水　そう。海に飛び込んで。七回目の海にね。波に飛び込んで。
三谷　あの。この話しましたっけ、その裏話。
清水　あなたが作ったわけじゃないからね、言っとくけど。
三谷　違う違う。それは最後、海に浮かんでいるシーンが。
清水　なんかありましたっけ？
三谷　そうそう。よく見るとね、下でスタッフが泳いでいて、マックイーンを摑まえているのが映っているという。
清水　ホント？

三谷　ホントホント。有名ですよ。
清水　すっごい長いシーンだから？
三谷　なんかね。見えてるんです。
清水　見えちゃったのか。
三谷　樽のね、板かな、なんかにしがみついて。浮いているじゃないですか、マックイーン。
清水　長時間浮くんだよね。
三谷　で、よく見たら、その波間の下に潜水服を着た人がこうやってうわあっと支えている。
清水　言うなよ。
三谷　だって丸見えなんだもん。
清水　丸見えじゃない。私なんかわからなかったから。言わないでよ。
三谷　僕も言われなかったらわからなかったけど。
清水　大スクリーンで観てもわからなかったよ。
三谷　もう一回観てください。
清水　もう絶対そこを中心に観てしまうじゃないの。

ついでの話〈パピヨン〉

一九一三年に、アンリ・シャリエールという男が無実の罪で終身刑を宣告され、南米、仏領ギアナの刑務所に送られたが、数度にわたる脱獄を試みたのち、ベネズエラの市民権を得たという数奇な体験談を綴った本がベストセラーに。一九七三年にはスティーブ・マックイーン、ダスティン・ホフマンらを起用して映画化され大ヒット。製作総指揮はテッド・リッチモンド、監督はフランクリン・J・シャフナー。ちなみに「パピヨン」とはアンリが胸に蝶の刺青《いれずみ》をしているところからつけられたニックネームである。

「週刊文春」の和田さんの表紙、もう何冊目なんだろう。――三谷
そうね。五十周年ですからもう何百枚も描かれてるんじゃや。――清水

清水　この間、いろいろクリエイティブなお仕事をされている人の集まりに参加したんですよ。
三谷　業界人の皆さんと。
清水　で、ピアニストの方がいらっしゃったので、以前聞いた話をしたんですよ。ジャズピアノトリオってあるじゃないですか。
三谷　ピアノとベースとドラム。
清水　あるピアニストが、「ドラムという楽器はね、自分もやってみたんだけど、ちょっと素質があればすぐできるし、ミスがわかりにくい」、で「ウッドベースも四、五本しか弦がなくてわりとミスがわかりにくいし、ベースラインを考えればいいんだけれど、ピアノはリズム楽器でもあるしメロディ楽器でもあるから、どうしたってミスがすごくわかりやすい」。
三谷　確かにね、ピアノのミスタッチってすごいわかりますもんね。
清水　なのに、これまでギャラを三等分してきたのは違うんじゃないかと。一万円もらったら、俺が五千円に対して二人は二千五百円ずつでいいんじゃないかという。

三谷　そんなに。
清水　という話を聞いたことがあるって、話をしたんです。
三谷　ドラムとベースの人が聞いたら怒りそうだね。
清水　するとそのピアニストの方も「よく言ってくれた」と言って笑っていたのね。そしたら、そこにいたイラストレーターの人が「実は僕もそういう経験がある」。デザイナーという職業が出てきてからというもの、デザイナーが「ギャラは五分五分でやって欲しい」と言うんだって。
三谷　それは絵本の表紙みたいな仕事？
清水　そうそう。デザイナーって職業は、ある作品に関して「イラストレーターが描きました。それを全体的にデザインするのが僕の仕事です」って感じですよね。
三谷　そういう配分は難しいですよね。
清水　イラストレーターの人が「だったら、デザイナーを頼まない」と言おうとしたら、最近はデザイナーがイラストレーターを指名できるようになってきたんだって。
三谷　デザイナーの立場が上になってきたんだ。
清水　うん。だから難しいものがあるという話を聞いたんですよ。そしたら、もう一人の音楽関係者が、最近は音楽の世界でも編曲家が台頭してきていると。
三谷　編曲家。アレンジする人ですね。
清水　その人は「作曲家というのは、馬鹿でもできるじゃないか」って言うのね（笑）。「作曲は音符が読めなくてもできるけど、編曲家は五線譜引いて音符が書けないとできない」。

三谷　まあ譜面を読めないで、鼻歌でこう作曲する人もいらっしゃいますからね。

清水　そうそう。でも編曲はそうはいかない。特にヒット曲になると編曲家の力ってすごく大切になってくる。

三谷　いや、すごいですよ。アレンジ次第で全く違う曲になりますからね。

清水　なのに、カラオケになると、作詞作曲には印税が入ってくるけど編曲家にはないから、最近になって編曲家が「俺にも」って、手をあげだしているところなんだって。面白いね。

三谷　うわあ、それは難しい問題ですね。でも、やっぱりゼロから作るのは作曲家だから。

清水　そうそうそう。で、この番組の本の印税なんだけどね。これどうする？

三谷　僕は半々でいいと思うよ。

清水　そうかなあ。私の気持ちはピアニストですよ。

三谷　僕はベースですか？

清水　半々というのもね。

三谷　ある意味、僕は作曲家で清水さんがアレンジャーということでしょ。

清水　なるほど、そう言うと聞こえがいいですわな。

三谷　ゼロから生み出す僕のことも考えてもらわないと。

清水　とにかく、お金のことってやっぱり言いにくいみたいなのね、誰もが。
三谷　ホントそうなんですよ。僕はだから、あんまり考えないし、そういうのはね、スタッフの人がやってくれるんですけど。
清水　スタッフ任せになる。
三谷　プロデューサーに聞くと、お金の交渉が大変らしいですよ。「俳優さんで事務所に所属してなくて個人でやっている方は、本人とお金の交渉をしなきゃいけない。向こうもイヤだしこっちもイヤだし、ものすごく気を遣う」って言ってましたね。
清水　ああ、そうかそうか。生々しいのがね。それで必ずマネージャーさんが必要になるわけね。
三谷　マネージャーさん、つけたほうがいいんじゃないかな。
清水　そうだね。お金の交渉といえば「これちょっと負けてくださいよ」って言ったことあります？
三谷　ない。
清水　三谷さん海外でもないでしょ？
三谷　一回もないですね。
清水　やっぱちょっと、そのくらいわずらわしい思いをするんだったらいらないか、黙って買うか、だよね。お金って「恥」の意識と密接だね。
三谷　いいこと言った。

清水　クリエイターで思い出しましたけど、この間、和田誠さんの「週刊文春」五十周年のコンサートというのがあって。

三谷　えっ。知らなかった。

清水　司会が阿川佐和子さんだったりするし、ちょっと観に行ってきたの。そしたら、お客さんに大竹しのぶさんがいらしたんですよ。

三谷　へえー。

清水　あ、大竹さんだと思って。「あっ、どうもいつも勝手にお世話になっています」なんて言ったら、レミさんがそこにいて。「真似して」って言うから、「大竹しのぶです」みたいなことを言って、すごくいい空気になって。

三谷　初めてお会いになったんですか？

清水　二回目ですけど。なんかあの方って、羽でも生えてるかのような、人を幸せにさせるものがありますね。

三谷　なんかフワフワしてますよね。

清水　お会いしたことあるの？

三谷　僕はジムでお会いしたけど、やっぱり独特というか、すごいですよね。なんか吸い込まれそう。連れて行かれそうな気がした。

清水　わかる、わかる。なんですかね。

三谷　ついていっちゃダメだ！　ってブレーキが利きましたね。

清水　私、いつか大竹さんにお会いした時、「いつもモノマネさせてもらって、すみません」と言おうとしたのに、あちらから「DVD観ましたよ」って言われて。なんて可愛いんだろうって、もうなんかパクパクしてしまいましたね。
三谷　言葉にならない言葉を？
清水　素敵な方ですね。ちょっとこう、疲れを取ってくれるというかね、そんな感じがするもんね。
三谷　大竹さんは普段も、本当にああいう方なんですかね？
清水　そうなんじゃないかなあ、きっと。
三谷　作戦とかじゃなくて？
清水　さんまさんの番組に出た時も、普通さ、離婚した二人が出ると、ちょっと本当は仲いいけどねみたいのを出しそうなのに、本当にイヤそうだったじゃん。
三谷　うん、イヤそうな顔をしてましたね。
清水　ああいうところがすごくいいなと思って。繕わない。
三谷　たぶん頭のいい方なんですよね。
清水　おっとりしつつもクレバーな感じがしましたね。
三谷　で、その和田さんのコンサート、なんで僕呼ばれなかったのかな？
清水　「週刊文春」とかにも、広告が大きく出てましたよ。
三谷　そっかぁ、見落としたのかな。

清水　そういう所ありますよね。
三谷　「週刊文春」の和田さんの表紙、もう何冊目なんだろう。
清水　そうね。五十周年ですからもう何百枚も描かれてるんじゃ。
三谷　和田さんは五十年もやってないですよ。
清水　まあそうですけど。文春としては五十年。和田さんは三十年って言ってたかな。
三谷　そんなにやっているんだね。
清水　それで、スライドも出てきたりとか、あとタイムファイブさんとか、安田祥子さん・由紀さおりさん姉妹とか、島田歌穂さんとかが歌ったりするんですよね。それで回し役が阿川さんなんだけど。司会がいてコンサートが進んでいくというのを初めて観たんだけれど、すごい観やすいのよね。
三谷　回し役というのはどういうことをするの？　司会進行？
清水　タイムファイブさんが歌ったら、タイムファイブさんというのはどういう経歴でとかさ、そういうことをいちいち紹介してくれるんだけど、意外とそういう場ってないじゃん。どこへ行ったってみなさんご存知の、みたいな顔で進んでいくじゃん。
三谷　そうかそうか。
清水　だけど、そうやって丁寧に進行してくれて、歌のことも和田さんが解説してくださったり。
三谷　和田さんも舞台上にいらっしゃるんですか？

清水　いらっしゃいます。そしてメインは和田さんのイラストがスライドで出されます。

三谷　和田さんが描かれた表紙の絵？

清水　なんでかというと、「週刊文春」の表紙というのは全部、「表紙はうたう」というタイトルで、歌のタイトルがついているんですよ。

三谷　そうだそうだ。

清水　だから表紙を映して、表紙の思い出なんかを和田さんが五分ぐらいお話しになったんだけど。面白いなと思ったのは、「週刊文春」の何十周年かで記念すべきという時に「ちょっと一回だけ我儘《わがまま》やらせて」と言って、雪の中の兎を描いたんだって。わかる？

三谷　それは真っ白なページに赤い目しかない、みたいな感じのもの？

清水　私は見えたんだけれど、兎が。だけど、「なんだ今回の表紙は」というのがすごいたくさんきたんだって。

三谷　クレームがきたんだ。

清水　クレームというか、「とにかく教えてくれ」と。「なんなんだ？」ということで。

三谷　和田さん、いつも斬新ですよね。

清水　それと、もう一つへえ〜と思ったんですけど、和田さんは猫もすごく好きで猫の絵も何枚か描いているんだけれど、ある日、湯布院のほうの若めのおばさんから電話がかかってきたんだって。

三谷　和田さんの家に？

清水　そう。当時は自宅の電話番号がまるわかりだったんだって。

三谷　昔はね。電話帳に載ってましたからね。

清水　文化人はみんな載っていたもんね。川端康成とか。

三谷　僕は植木等さんの電話番号を調べて電話した。

清水　そういう人がいるからもうやめたんでしょうけど。

三谷　中止になったんでしょうね。僕のせいでね。

清水　それで、和田誠さんの自宅に大分から電話がかかってきて、「なんでうちの猫を描いたんですか？」って言うから、「いや、奥さん、これはうちに遊びに来る可愛い猫を描いただけで、黒猫はどれでも似ていると思いますよ」。「じゃ、なんでうちの猫の名前、タマって書いてあるんですか？」って言って譲らないんだって。

三谷　名前が書いてあったんですか？

清水　ううん、どこにもないの。表紙にある文字は、「週刊文春」の四文字だけ。文春の表紙って見出しも書かないじゃないですか。

三谷　そうだね。なんにも書いていないもんね。

清水　で、「どこにもタマなんて書いてないですよ」って説明してたら、そのおばさんが「あれ、これうちの息子の字だわ」と言ったんだって。

三谷　その家の息子さんが、自分ちの猫に似てると思ってタマって上に書いたんだ。

清水　そう。なかなか面白い話をいろいろしてくださいましたよ。やっぱ電話番号なんて載せてあると大変だね。
三谷　そうですよね。
清水　ちょっと電話したくなるもんね。
三谷　川端康成と話してみたいもんね。そっか、行きたかったなあコンサート。
清水　さらに悔しがらせるようですけど。打ち上げにも出たんですよ。
三谷　え～打ち上げも出たの？
清水　そうなんです。コンサート観に行っただけだったんだけど、ミッちゃんも行こうよって車に乗っけてもらって。バンドのサヤマさんにも、ピアノ、一緒に弾こうよ、なんて言われて、私もつい教えてほしいと思いまして。
三谷　どこに行ったんですか？
清水　麻布のピアノがある店でした。
三谷　というか、なんで呼んでくれないんですか。打ち上げだけでも呼んでくれれば。
清水　あなたサンシャインボーイズがあるじゃん。
三谷　行けないけども一応呼んで欲しいですよ。「行けなくてごめんなさい」って言いたい。

ついでの話〈週刊文春〉
一九五九（昭和三十四）年に創刊した週刊誌。東京では毎週木曜発売。一九七七年五月十二日号からは表紙を和田誠が担当している。「絵に題名をつけてください」と編集部に言われて、最初につけたのがジャズの名曲「エアメール・スペシャル」。以来、音楽のタイトルをつけて描き続けて三十二年。二〇一〇年三月に紀尾井ホールで「週刊文春創刊五十周年記念・表紙はうたうコンサート」が開催された。構成・演出・パンフレットデザインを担当したのはもちろん和田誠。出演は安田祥子・由紀さおり姉妹、島田歌穂、タイムファイブ、司会は阿川佐和子。第二部には、「お父さん！　担当になった年に生まれた唱を出さなきゃ！出なさい！」のレミの一声で息子和田唱（実は一九七五年生まれ）も登場。

うちは本当にいいとこだったんで、僕が生まれた頃からもう8ミリカメラに全部収まっていますからね。——三谷

出てたもんね、ＮＨＫに。——清水

三谷　ちょっと前の話になりますけど、劇団で芝居をやったじゃないですか、その劇団員の中で一人、七年前に死んじゃった伊藤俊人という男がいて、やっぱり彼もせっかく劇団が復活するんで、なんらかの形で参加させようということになって。

清水　どんな手を使ったんですか。

三谷　昔の芝居の映像が残っていたから、彼がしゃべっているセリフをこう、抜き出して。で、僕らの今度の芝居の中に声だけの出演みたいな感じ。

清水　あ、いいね。

三谷　それで、稽古していると、やっぱり彼の声が聞こえてくるとですね。

清水　ウルッとくる？

三谷　嬉しい。なんか一緒にやっているなという感じがしましたよ。

清水　ふーん。

三谷　「人生前向きにいかなきゃね」というセリフなんですけど、なんかいいなという感じだったですね。

清水　それって、許諾はどこに求めるの？　殺伐とした質問してごめんなさい。
三谷　それは神様ですよ、心の中で了解得ました。どっかに許可もらわなきゃいけないの？
清水　事件を起こした犯人が、小学校の頃に書いた昔の作文とかさ、有名になった人の昔の作文とか出てくるじゃん。
三谷　そうだね。清水さんが学生時代に書いた作文とかが出てくるわけでしょ。
清水　私、もう絶対ヤだ。
三谷　なんでイヤなんですか。
清水　私ペンネームがミルクだったからね、すっごい恥ずかしいんですよ。ＭＩＬＫですからね。
三谷　どういうことですか？　ミルクという名前で作文を書いていたの？
清水　当時、落合恵子さんがブームで、ミルクというペンネームで自分が将来こうなりたいというのを、落合さんの文体で書いてましたから。
三谷　そうか、レモンちゃんに対してミルクちゃんなんだ。
清水　ううん。ミルクという洋服のブランドがこれから出るという時だったの。
三谷　へえ。
清水　今もあるの知らない？　ミルクっていうの。
三谷　知らないです。
清水　今はちょっとメルヘンチックになっているんだけど、当時はちょっととんがっている

三谷　というか、ザ・原宿みたいな感じだったんですよ。
清水　落合恵子さんの文体ってどんなんですか？
三谷　「落合恵子なんぞと申しまして」というような、その「なんぞ」がすごい自分の中で新しくて、クラスで出す文集にも、○○なんぞになりたいのであります、みたいな感じで。超恥ずかしい。
清水　清水ミチコなんぞと申しまして……噺家さんみたいだね。
三谷　当時はそこが新しかったんですよ。
清水　口に新しいと書いて噺家ですよ。
三谷　とにかく、ああいう作文とかは、許可を求める制度をちゃんと作って欲しいですね。
清水　じゃないと訴える。
三谷　もう訴えまくりですよ。
清水　でもまあね、昔に書いた文章とかって、すっごいイヤなものありますもんね。
清水　ホント抹消したいですね。私たちの世代はまだいいんであって、私たち以降の世代って、みんなすごい残っているじゃん、ビデオだＤＶＤだって。
三谷　そうだよね。
清水　昔は親がビデオカメラを持っている子はすごい少なかったけど。今、もうほぼ百パーセント撮られているでしょ。
三谷　そうですよ。うちは本当にいいとこだったんで、僕が生まれた頃からもう8ミリカメラに全部収まっていますからね。

清水　出てたもんね、ＮＨＫに。

三谷　うん。

清水　あれ観たら、持っててよかったですねという感じした。

三谷　今となっては昭和三十年代の風俗というか、東京の姿とかも残っているわけです。あれ貴重だよね。

清水　しかも三谷作品がすでにあったもんね、確かね。

三谷　自分で作ってましたからね。怪獣と戦ったりとか。

清水　そうそう。あれはすごいなと思った。

三谷　でも、そう思うと今はもうそんなの普通だし。みんなやっているということは。

清水　そうなの。子どもが編集できるもんね。

三谷　ということは、もうこの先どんどんすごい映像作家が生まれてくるということかな。

清水　そうなのかな。だからこそストーリーが大事なような気もするし。

三谷　最終的にはそこなんですけど。

清水　でも、ストーリーももう全世界尽きたような気がする。どうですか？

三谷　いやいや、まだまだ。

清水　ありますか？

三谷　ありますよ。

清水　ファッションの流行と一緒で、もう一回戻るんじゃないですか？
三谷　なんかよく言うのは、泣かせ方はもう本当に限られているけども。
清水　そうなの？
三谷　でも、人間の笑うパターンは湯水のごとくあるみたいな話は聞きますよね。
清水　ホントですか。
三谷　だから、大丈夫ですよ、僕がいる限りは。
清水　うわっ、また上に立ったね。
三谷　今度人形劇やる話、したっけ？
清水　なんかＮＨＫで。
三谷　今ね、人形を作っているんですよ。面白いですよ、人形は。
清水　ああいう人形って生きている感じがするよね。
三谷　そうだね。普通台本を書いていると長ゼリフ書くじゃないですか。長ゼリフを書いている時って、映像ではしゃべっている人とそれを聞いている人の、こうカットバックみたいになるじゃないですか。
清水　三谷さん映りました。聞いてる清水さん映りましたってね。
三谷　しゃべっているだけだとちょっともたないから。
清水　飽きるし。
三谷　だから、そういう思いで書くんだけど、人形劇の時って聞いている人の顔なんてものがはたして成立するんだろうかって、すごい不安だったんですよ。だって、人形だから。

清水　そうだよね、表情が同じだもんね。

三谷　しゃべっているんだったらまだいいけど、ただ聞いている人形の絵なんていうのは、そんなに面白くないから。

清水　なんか可愛いね、絵ヅラとしては。

三谷　あんまりそういう長いセリフは書かないほうがいいのかなとか思って、結構意識的に短くしてたんですけど、そしたら、プロデューサーの方が読んで、もっと人形を信じてくださいみたいな感じで、「彼らはなんでもできるから、あんまり遠慮せずに好きなように書いてくれ」と言われて。

清水　表情がないのに？

三谷　むしろ人間よりもね、表情があるんだって。

清水　「それはあなたが人形劇が好きだからですよ」って言ってやったら。

三谷　喧嘩を売っているような感じで？

清水　そうですね。ビシッと。

三谷　でも、ホントにそうなんですよ。

清水　人形に表情？

三谷　だって、文楽とかもそうじゃないですか。人間以上に表情があるとは思わないけど、

清水　同じぐらいはあるんじゃないですか。
三谷　そんなに細かいところを追求したってしょうがないのかな。
清水　でも、あれらしいですよ。人形の目が動いて耳が動いて眉毛動いて口が動いてみたいな、全部動くと気持ち悪いんだって。
三谷　ああ、イヤかも。品がないというかね。
清水　だから　目だけ動く人形とか口だけ動く人形とか、そういうふうにこう、分けて作るみたいなんですね。
三谷　そうすると、品格と人格が出てくる感じする。
清水　全部動くとね、もうなんか。
三谷　ちょっと興ざめだね。もうアニメでいいですって感じだもんね。
清水　うん。面白いです、人形劇。

ついでの話〈落合恵子〉
一九四五（昭和二十）年一月十五日、栃木県宇都宮市生まれ。明治大学文学部英米文学科卒。その後文化放送に入社。深夜放送「セイ！ヤング」を担当し「レモンちゃん」の愛称で一躍、人気ＤＪに。エッセイ『スプーン一杯の幸せ』もベストセラーとなり、その後も続編が次々と発売されたが、もちろん二杯目、三杯目のスプーン本も売れまくった。文化放送退社後は著述業に専念し、昭和五十一年には児童書の専門店・クレヨンハウスを設立。

また、人権問題に取り組んでいる海外の作家やジャーナリストとの交流も多く、女性問題や子どもの人権問題を世界共通のテーマとした視点から、講演などの活動を積極的に展開している。

ミュージシャンって人を癒す力があるのかね。——清水

彼らはすごく余裕を持って生きている感じがした。——三谷

清水　先月、私はすごい陽気な人に会ったんですけど。

三谷　誰だろ。

清水　みうらじゅんさんが「勝手に観光協会」っていうユニットをやってて。安齋肇さんってわかりますかね？　イラストレーターであり。

三谷　「空耳アワー」の方でしょ。

清水　そうそう。あの方とみうらさんと二人で全国の都道府県の歌を作っていらっしゃるんですよね。で、ＳＨＩＢＵＹＡ-ＡＸで二日間にわたって開催されたんですよ。一日目が東日本、二日目は西日本のご当地ソングを歌うというイベントが。

三谷　出てきたんですか？

清水　岐阜を代表してゲストとして呼ばれてきました。いろんなゲストが出たんですが、トリを飾ったのが橋幸夫さんだったんですよ。もう、すっごい盛り上がりましたね。

三谷　橋さんって大物オーラありますからね。

清水　橋さんが、ゆるキャラと一緒に「ゆるキャラ音頭」を歌わされてた。

三谷　歌わされてという言い方は、ちょっとあれですけど。

清水　「ゆるキャラ音頭」を歌ってくださって。
三谷　そういう曲も、橋さんが歌うと違うんですよね。
清水　うん。もう出ただけで、ステージが全体的に締まるというかね、ありがとうございました、いいものを見ました、という感じになるね。
三谷　僕、十年以上前に「王様のレストラン」というドラマをやった時に、山口智子さんの役、しずかというシェフなんですけども、彼女が橋幸夫の大ファンという設定に勝手にしちゃってね。
清水　勝手に設定。
三谷　で、いつも「メキシカン・ロック」とかを聞いているという設定にしたんですよ。そしたら。
清水　事務所に怒られた？
三谷　最終回に橋さん、特別出演してくださって。
清水　へえー。
三谷　レストランに橋幸夫がやってくるという話を書いたんですよ。
清水　橋さんは橋さんを上手く演じてらっしゃいました？
三谷　どこから見ても橋さんでした。
清水　自分の演技って難しいだろうね。
三谷　一流を演じてると難しいかもしれないけど、橋さん本人が一流だから自然な演技でしたよ。

清水　格好いいよね。

三谷　あの、僕は、みうらさんを知っているのは言いましたっけ？　昔ラジオを一緒にやっていたんですよ。僕が新人の放送作家で、みうらさんの番組を担当してたんです。

清水　あなたもなんだか呼ばれない人ですね。

三谷　なんで呼んでくれないのかなあ。

清水　遠くからは好かれているんだけど、近くの人はふっと離れる。

三谷　実際に接した人が僕から離れていくのはなぜ？

清水　そんな落ち込まないで。三谷さんがとにかく忙しいからよ。

三谷　ただね、僕はみうらさん好きですけども、みうらさんは、ちょっと合わなかったですね。その番組はコントみたいので始まるんですよ。そのコントを僕が書いていたんですけど。途中から、中身はもうみうらさんに任す感じになっちゃったんです。

清水　三谷さんのことをライバルだと思ったんじゃない？　あの人も、ものすごい和田誠ファンだもん。

三谷　そうなの？　それは知らなかった。

清水　和田さんの絵を一ファンとして、買ったって言ってたよ。

三谷　ホントに。

清水　和田さんが描いたボブ・ディランの絵を買ったんだって。

三谷　そうか、みうらさんはボブ・ディランも好きだから。
清水　それはもう「宝物」って言ってましたよ。
三谷　売られるのを知ってれば、もちろん僕が買ってましたけどね。
清水　やっぱりライバルだ。
三谷　番組を担当してたのはもう二十年ぐらい前ですから、僕はもう全然駆け出しの頃だったんですよ。
清水　じゃあ、もしかしたらあっちは覚えてないかもしれない？
三谷　いや、そのあとね、一回お話しした時に覚えていらっしゃったけど。やっぱなんか違うものがあったんでしょうね。
清水　まぁ、みうらさんはミュージシャンだし、ノリが違うとセッションしづらいと思ったんじゃないかな。
三谷　ミュージシャンといえば、この間お芝居で使う音楽をレコーディングしたんです。僕もちょっとだけリコーダーで参加させてもらったんですけど。面白かったですね。
清水　メンバーは？
三谷　ピアノと、トランペットとチューバと、あとフルートと、それからパーカッションの方。
清水　豪華だね。
三谷　やっぱプロのミュージシャン、スタジオミュージシャンの方はすごいね。

清水　すぐにわかりあえる感じとか。
三谷　練習も何もしないんですよ。突然そこに集まって、「さあ、やりましょう」と言って譜面を渡されて、ぱっとやっちゃうというのがね。
清水　なんで息が合うんだという感じするよね。
三谷　格好よかったなあ。
清水　うん。あの人たちと仕事すると、ストレスなくなるみたいな。なんだろう、仕事じゃなくなるの。
三谷　そうなんですよね。
清水　ミュージシャンって人を癒す力があるのかね。
三谷　彼らはすごく余裕を持って生きている感じがした。
清水　するする。矢野顕子さんが「ちょっとヤなことがあっても、ピアノ弾いて練習してると忘れさせてくれるから、音楽は人間を平和にします」て言ったのね。
三谷　練習してストレス解消できたら一石二鳥ですね。
清水　「それどころか体が治る」って言ってたよ。痛いところがあっても治るって。だから、「そういう治癒力もあるんじゃないの」っておっしゃってた。
三谷　聞く人を癒すだけでなく、自分たちも癒す力があるんだ。
清水　一流ミュージシャンの人には、大体おだやかなタイプが多い。
三谷　あれじゃないですか。例えばチューバ吹く人はやっぱ肺活量もいるし。そういう呼吸法が健康にいいんじゃないですか。
清水　呼吸法ですか。
三谷　ピアノはどうなんですか？
清水　ピアノは肩こりますけどね。
三谷　こりますよね、きっとね。ピアノ弾く人ってマッサージとか上手いの？
清水　えっ。するほう？
三谷　うん。指使いとかダイナミックな動きが。
清水　関係あるかもしれない。私、人にやってあげるとえらい褒められますよ。
三谷　上手だって？
清水　昔、先生が真顔で言ったもん。「お前はマッサージ師の道にいけ」って。
三谷　ピアノの先生が？
清水　いや。ピアノの先生に言われたらショックでしょ。
三谷　じゃあマッサージの先生？
清水　担任の先生ですよ。今考えるとひどい話だけど、昔はよく「清水、ちょっともんでくれ」って言われて、もんでたんです。ある日「清水、お前、ホントにこっちの道へいけ」って言って。
三谷　すごいですね。やっぱ手に職を持つというのは大事だね。
清水　それが好きなことだったら最高に幸せだろうね。

三谷　うん。
清水　あの、三谷さんのレコーディングってどういう曲をやったんですか？　効果音的な？
三谷　マーチなんですけど。芝居のテーマ曲。
清水　マーチ好きだねえ。
三谷　テーマ曲ですから、学校の校歌みたいな感じのやつを録音しました。
清水　ふーん。
三谷　あと面白かったのが、写譜ってあるじゃないですか？
清水　人力車を引く人？
三谷　車夫ではなく写譜。譜面を写すと書いて写譜。まず作曲家の方が譜面を書いて、それを写譜の方に渡して。
清水　大変そうだよね、あれ。パートごとに楽譜を綺麗に清書してくれるんだよね。
三谷　で、ちょっと話す機会があったんで、なぜこの仕事をやるようになったんですか？って聞いたんです。
清水　そうか、初めから写譜はあまり志さないかもね。
三谷　「最初は作曲を勉強してたんです」って。
清水　なるほど。
三谷　「で、こういろいろ自分で書いたりしてたんだけれども、その途中で自分には作曲する才能がないと思った時から写譜を始めました」って言ってた。

清水　表舞台をしっかり支える道に行かれたのね。写譜の人って、音を聞いて楽譜に書き起こすこともできるんでしょ？
三谷　そうなんですか？
清水　私、ある人のピアノをコピーしたことあるんだけど、どうしてもわからない音がある時に音大生に相談したら、「そういうのが得意な人はいくらでもいるので聞いたらいい」と言ってたよ。「そういう専門職もあるはずですよ」って。
三谷　この音なんの音？　って聞くと。
清水　「シラレミファじゃないですか」とか、ぱっと答えてくれるらしいね。すごい耳だ。
三谷　すごいですね。そういえばこの間、「ザ・マジックアワー」のサントラが出たんですよ。楽譜とか別に市販されてないのに、耳で聞いて自分で譜面を起こして演奏したりとかしている人もいるんだって。
清水　学校とかでもいそうだね。
三谷　すごい才能ですけど、そういう完璧な耳を持ってると「空耳」とかないんだろうな。
清水　うん、「空耳」とか聞き間違いとかしないよ。
三谷　みうらじゅんさんとは、うまくやっていけなそう。
清水　だから、「勝手にライバル協会」はやめなさい。

ついでの話〈恋のメキシカン・ロック〉

一九六八年のメキシコオリンピックに合わせてリリースされた、橋幸夫のリズム歌謡路線の決定版。作詞は佐伯孝夫、作曲が吉田正の黄金コンビ。曲が発売される前年に映画「恋のメキシカンロック　恋と夢と冒険」も作られている。監督：桜井秀雄。主演はもちろん橋幸夫で共演は由美かおるであった。二〇〇五年に「恋のメキシカン・ロック」新バージョンを制作することになり、橋さんからオファーがあったのがスカポンタス。曲の良さに惚れこみ快諾し、「スカポンタスフィーチャリング橋幸夫」でシングルカットされている。

人のおケツと間接キスしているようだもんね。——三谷

おをつければ、上品というものじゃないですよ。——清水

三谷　花粉症大丈夫ですか？　清水さんは。

清水　私、薬を飲めば大丈夫ですね。

三谷　ホント？　いやあ、今年は結構ひどいよね。もう僕、目がダメだったですね。

清水　花粉症同士ってなんでこんなに傷を舐めあうのが好きなのかな。三谷さんとも何回もしているし、他の人も会うと「花粉症だったよね」と言って確認しあって「今年さあ」と言って。去年も同じだったんだよ。

三谷　それぐらいは楽しみがないとダメなんじゃないですか。

清水　また人によって対策が違うんだよね。

三谷　いろんな人が「これがいい」と花粉症用のグッズを教えてくれるんです。

清水　だから出さなくていいんですって。

三谷　これは鼻噴霧器。重宝してますよ。

清水　こっち向けないで。

三谷　ちょっとやってみていいですか？

清水　いや、ダメですよ。

三谷　なんで？　聞かせたいんです、音を。
清水　そんなに聞かせたいなら、どうぞ。皆さん聞いてやってください。
〜シュッ〜
三谷　どう？
清水　おたくのマネージャーのナカバヤシさんは、笑いに甘いからガラスの向こうで大笑いしてますけど。
三谷　ナカバヤシさん、ちょっとね、タレントをダメにするタイプです。
清水　芸人殺しですよね、あれだけ笑ってもらうと錯覚しちゃうもん。
三谷　あとね、目薬がどんどん増えちゃうんですよ。増えないですか？
清水　増えないよ。
三谷　その都度買っちゃうからな。こうやってポケットからほら、いっぱい目薬が出てくるでしょ。
清水　四つも出てきましたよ。しかもどれも中途半端な使い方。あのね、物を大切にしない人は、自分の体も大切にできない人ですよ。
三谷　大切にしてないわけじゃないけど……欲しいと思う時にないから。
清水　あと、さっきからシャリシャリシャリシャリと、もうちょっと質のいい洋服を着たらどうですか。
三谷　これは違います。今は芝居の稽古中なんで、それ用の格好なんですよ。スタッフジャンパーっていうか。

清水　そうそうそう。いかにもそれっぽいですよね。うわあ。なんか別れたいという気持ちもわかりますね、やっぱ。

三谷　別に誰も別れたいと思ってないですけど。

清水　もしかしてジュースもそうでしょう。

三谷　ジュースってどういうこと？

清水　ペットボトルで買うじゃないですか。半分ぐらい残ったところでまた新しいやつ買うから、部屋とか冷蔵庫に中途半端なジュースが転がっている。

三谷　あるある。

清水　もう絶対やだ。全部飲んじゃえばいいじゃん。それかでっかいの一つ買うか。

三谷　でっかいのを買うとなんか重たいし、なかなか減らないし。

清水　少しは地球のことを考えてくださいよ。

三谷　そうなんだよね。ホントみなさん、地球のことを考えましょう。

清水　早い。反省が早いのはね、あんまり反省してない証拠ですよ。

三谷　それを言うなら小分けしたお菓子とかもね、地球にはよくないですよ。

清水　小分けは助かるよ。

三谷　あれはなんでだろう、しけちゃうと困るからかな。

清水　あれは私にはダイエットのためですよ。一袋を、ちょっとずつ残していくというのが嫌いだから、ポテトチップスもそうですけど、一袋開けたら最後まで食べたいんです。でも全部食べるとカロリーオーバー。だけど、小分けにしてあれば全部食べてもカロリーは知れている。

三谷　僕はあれ、気になりますよ。ボールペンとかサインペンとかの蓋がなくなっちゃった時どうします？　ほっとくとどんどんどんどん彼が。

清水　揮発して。

三谷　死んでいくような感じがしてイヤなんだけど、キャップが見つからない時って。

清水　最後の吐息みたいなかすれ具合でね。ごめんね、ハァみたいな。

三谷　本当に灯火が消えていくようになっていくのは辛いよね。

清水　でも、ペンの蓋はそんなになくならないでしょ。ちっちゃい頃はなくしてたけど。

三谷　なくしてましたよ。朝キャップが見つからないまま、もう学校に行かなきゃいけなくなった時に、一日中そのことを考えて、今頃カサカサになっているなとかと思うと、ず〜っとブルーだったんです。

清水　今、奥さんとそうだったりして。

三谷　うちは仲いいよ。

清水　でしたね。

三谷　話は戻りますけど、今、ここに目薬が四個ありますけども、これは全部ちゃんと使い切りますからね。

清水　今年中に？
三谷　うん。こんなのは一日で使っちゃうよ。
清水　一日で使うのは目に悪いでしょ。
三谷　ん？
清水　薬には用法用量を守るってルールがあるの。
三谷　人の目薬って「ちょっと貸して」って言っていいのかな？
清水　言ったことないですよ。ダメでしょう。
三谷　別に眼球に触れているわけじゃないのにね。
清水　触れてないのにイヤだ。
三谷　イヤだよね。
清水　今、目の前に並んでいるのもイヤ。でも一番イヤなのは、やっぱり一番右の子。
三谷　鼻シュッシュ。
清水　こっち向けるなと言っているの。
三谷　なんで？　なんでイヤなんですか？
清水　なんでかはわかるでしょ。
三谷　というかね、自分でもちょっと抵抗があるのは確か。他人の鼻シュッシュは。
清水　自分のは平気だけど、他人のはウエルカムではないね。
三谷　綿棒もイヤだね。耳に入れたあとのやつ。

清水　お願いだからゴミ箱に捨ててください。
三谷　爪切りは？
清水　爪切りはまぁいいかな。あと女の人が割と平気なのが口紅。
三谷　え？　口紅を？
清水　マツキヨとか行っても、平気で試し塗り用の口紅をつけている人もいるもんね。
三谷　ホントに？
清水　うんうん。一応ティッシュなんかで拭きながらも。でも人が塗った口紅なのに、なんでこれは平気なんだという感じがする。
三谷　あれはどうなんですか？　トイレの洗浄マシーン。
清水　あれも自分んちのはいいけど、ホテルとかデパートとか、前に使った人がどういう人かわかんない時ってイヤじゃない？　水が出るところって結構汚れてるし。
三谷　僕はそれよりあっちがヤだな。お尻に直接触れるところ。
清水　便座？
三谷　うん、便座。
清水　全然慣れたけど、あれも考えてみればそうだよね。
三谷　人のおケツと間接キスしているようだもんね。
清水　おをつければ、上品というものじゃないですよ。
三谷　トイレじゃなくて、お風呂の話にしましょうか。

清水　じゃあ、お風呂に入りながらなんか食べたことある？
三谷　今、やってますよ、奥さんがいないから。やり放題。
清水　実は私も時々やりますね。お風呂ではヨーグルトが美味しいんです。
三谷　僕はとうもろこし食べました。
清水　うわあイヤだなあ。
三谷　何が？
清水　ハエが留まるようなものはイヤですね。やっぱり、そりゃ出ていくわ。
三谷　誰も出ていってないですけどね。
清水　真面目に言うな。
三谷　いつもとうもろこし食べているわけじゃないですよ、たまたま冷蔵庫にとうもろこしがあったんです。お風呂で冷たいものとか飲むとすごい不思議な感じがする。
清水　大人になったら幸せなんだろうと思っていたのが、ドリフターズの「いい湯だな」の中でお酒のセットみたいのを浮かべて。
三谷　やったやった。あれ夢だったですね。
清水　でも、すっごい気持ち悪くなるんだよね。
三谷　僕、お酒も飲めないのにやっちゃったから、最悪でしたよ。
清水　そうだろうね。お風呂で日本酒の良さを求めるなら、冷たいビールのほうがよっぽどいいんじゃないかと思いましたね。

三谷　まあ、お風呂でお酒はやめたほうがいいかもしれないですね。
清水　私はお風呂でテレビを観て、週刊誌をとにかく山のように読みますね。一時間はあっという間に過ぎますよ。
三谷　へえ〜。一時間も浸《つ》かっているんですか？
清水　うちの旦那さんなんか三時間という日もありましたよ、痩せたがり家族ですから。
三谷　半身浴みたいな？
清水　うん。この間『オリンピックの身代金』を全部読んだって言ってた。
三谷　あれ、お風呂もどうなんですかね？　なんか自分の汗が染み出た。
清水　そうなんですよ。だから、旦那さんのあとは誰も入らない。もうイメージ的にね、白い湯になってそう。
三谷　オットのエキスが滲《にじ》み出ている。
清水　でも、長風呂して汗流して体重計に乗った時って楽しいのよね。体脂肪が何パーセントか、ホントに減っているわという喜びが。
三谷　あれはやったことがあります？　お風呂入って栓を抜くのは？
清水　湯船にいながらにして？　ちっちゃい頃はやりましたね。なんか不思議な感じ。
三谷　自分の体重がどんどん自覚されていく、不思議な感じがするんですよね？
清水　なんじゃそれ。
三谷　最初浸かっている時、ちょっと浮いている感があるじゃないですか。

清水　そんなに浮遊する？　おたくのお風呂、塩分多め？
三谷　塩分、普段は入れないですよ。頑張って浮遊してててください。
清水　人間、お風呂の中じゃ浮かないよ。
三谷　浮こうと思えば浮きますよ。
清水　プールでは私浮くよ。でもお風呂は無理。
三谷　あの、手はつきますよ、浴槽の下に手をつけて。
清水　三谷さん、いっつもね、思うんだけどね、それは浮くとは言わないから。
三谷　浮いているでしょ。
清水　それは「パピヨン」の時の潜水服よりやらせじゃないですか。
三谷　浮いているんですよ。だって、手以外は全部浮いているじゃないですか。
清水　だから、おかしいけど、まあいいよ、面倒臭いから。
三谷　で、お湯を抜くと徐々に体が重くなってきて手がだんだん痺れてくるわけですよ。
清水　途中までお風呂トーク面白かったのに。
三谷　なんですか？
清水　あなたのせいで台無しですよ。どうしてくれるんですか？
三谷　水に流してもらえませんか？
清水　無理、もう水浸しだ。

ついでの話〈目薬〉

目薬（点眼薬）の正しい使用法は、まず手を洗うこと、そしてさした後は清潔なタオルやティッシュで拭くこと。何滴もささないとさした気がしないという方もいるが、目薬は一滴で十分。

また二種類以上使用する場合は、五分程度間隔をあけることも大切。薬液中の菌による汚染を防ぐため、使用開始後はできるだけ冷所に保存し時間が経ったら使用を控えること。また目薬を共用するのは避けなくてはならない。その理由は、目薬の本体を離したときに睫毛《まつげ》についた雑菌を吸い上げてしまうから。（都立清瀬小児病院のｗｅｂサイトより）

ポール・ニューマンのほうはドレッシングばっかりたくさん作っているね。
――清水

どっちが大勢の人を喜ばせたかといったら、やっぱドレッシングでしょ。
――三谷

三谷　今週は春爛漫。
三谷・清水　陽気な二人ウィーク。
三谷　陽気にいきましょう。さっき、ちょっと僕早く着いちゃったんで、TSUTAYAに行ってDVDを見てたらね、早くも「レッドクリフ」が出てましたよ。
清水　え？　買っちゃったの？　あれだけ注意したのに。
三谷　何がですか？　コレクターズ・エディションですよ。三枚組なんですよ。
清水　えっ、なんで三枚なの？
三谷　だから、メイキングとか、特典がいっぱい。何が入っているんだろ。ちょっと読んであげるね。ええとね、豪華特典。豪華アウターケース&デジパック。
清水　「三国志」を本当に理解すれば、不要なものだらけだろうに。
三谷　あとはね、来日記者会見映像とか、キャストインタビュー、メイキング、テレビスポット。三国志大戦3プロモ映像。これはすごい。

清水　あの、三谷さんがメガホン取るとしたら、トニー・レオンの役はきっとあなたの好きなあの人にオファーするでしょ。
三谷　周瑜の役を？
清水　トニー・レオンって周瑜なの？
三谷　うん。もし日本でやるとしたら？　誰かな。
清水　あの方でしょう。戸田さんと一緒にパジャマのやつに出てた。
三谷　中井貴一？
清水　そう、中井さん。
三谷　いやあ、中井さんも好きだけど、ちょっと違うな。もうちょっとね。
清水　もっと線が太い？
三谷　もっとやさ男なの。中井さんもやさ男だけど。
清水　トニー・レオンってやさ男か？
三谷　ホントの周瑜はね、もっと美男子だったんです。
清水　写真ないのによくわかるね。
三谷　ホントに綺麗な男の人だったらしいですよ、周瑜。
清水　この間の「レッドクリフ」のトニー・レオンは、ちょっと石坂浩二っぽかったよね。
三谷　僕がお願いするとすると、福山雅治かな。
清水　そうですか。あの、私、この間「チェンジリング」という映画観てきたんですよ。

三谷　あとね、こんなのもついていた。「レッドクリフ」パートII試写会&劇場鑑賞券をゲットしよう。

清水　あのね。クリント・イーストウッドというのは。

三谷　二人が別々の話をするのは無理がありますよ。

清水　陽気な二人じゃなかったですね。

三谷　「レッドクリフ」に興味がないなら「チェンジリング」でいいですよ。

清水　あの人こんなに映画が好きな人なのかと思うぐらいに、監督業にはまっていたんですね。

三谷　クリントンでしょ。

清水　クリントンじゃないです。クリント・イーストウッドです。クリントンはあんまり撮らないですからね。

三谷　イーストウッドでしょ。

清水　大好きなんだね、映画が。

三谷　たぶんね。

清水　あっちは、トップクラスの俳優さんが監督を務めるってあるよね。クリントもそうだしロバート・レッドフォードもそう。

三谷　日本でも津川雅彦さんとか、奥田瑛二さんとか。

清水　そうだね。そういえば「スティング」観た時に「ロバート・レッドフォードとポー

三谷　「ロバート・レッドフォードとポール・ニューマンとどっちが好き?」って話題になって。「ロバート・レッドフォード派」と「ポール・ニューマン派」に分かれてて。
清水　三谷　清水さんはどっち派だったんですか?
三谷　私はニューマン派だったのに、今、蓋を開けてみると、レッドフォードは監督作品たくさん作って、ポール・ニューマンのほうはドレッシングばっかりたくさん作っているね。
清水　ちょっと異論があるなあ。どっちが大勢の人を喜ばせたかといったら、やっぱドレッシングでしょ。
三谷　ドレッシングだって日本のスーパーじゃ、あんま見たことないんですけど。
清水　それを比較するのはどうかと思うんですけど。
三谷　中学、高校の頃は、ポール・ニューマンってなんか映画人という気がしたけどなぁ。
清水　レッドフォードよりも?
三谷　うん。顔がそんな感じがするのかな。レッドフォードはちょっと他のことにも色気がありますす的な感じがしたんだよね。
清水　まあね。でも、役者としてどっちが残ったかといったら、ポールじゃないですか?　レッドフォードは、たぶんきっと頭のいい人だし、プロデューサー感覚もあったんで、自分をどう売るかみたいなことも考えて。で、多方面に広がっていったけど、ポール・ニューマンはもうある意味、役者馬鹿だから。

清水　「ハスラー」とかね。
三谷　自分で映画もね、撮ってはいるんですよ。
清水　そうなんだ。
三谷　でも、あんまり話題にはならなかった。
清水　やっぱドレッシングのほうが上手なんだね。なんでドレッシングなんだというのが、私には。
三谷　いいじゃん。ドレッシング作ったって。
清水　いまだにわだかまりがあるんですよ。何をやってもいい。でも、ドレッシングは。
三谷　なんでですか？　ポール・ニューマンはレーサーもやっていたんだよ。
清水　それはいい。
三谷　レースやって映画やってドレッシングもかけてたっていいでしょ。
清水　ドレッシングかける暇あったら、映画に情熱かけて欲しかった。
三谷　どんな形でもみんなに楽しんでもらいたかったんですよ。じゃあアントニオ猪木さんはいいんですか？　タバスコは？
清水　アントンはめちゃくちゃいいよ。だって、プロレスラーとか、スポーツ選手はやっぱ引退っていうのがあるじゃないですか。退かなきゃいけないのです。
三谷　まあね、いつまでも現役ではやってられないから。
清水　でも映画人って割と、年を取れば取るほど、いい役者になっていきまっせというのが

三谷　あるじゃないですか。
清水　その都度その都度、いい役と巡り逢えればね。俳優と落語家は年を取るほど味が増すけど、ドレッシングは時間が経つと、どんどん味も落ちますからね。
三谷　ポール・ニューマンのドレッシングは美味しいですよ。
清水　食べたの？
三谷　食べましたよ。化学調味料をできるだけ使わないというこだわり。彼の演技に通じるものがあるじゃないですか。
清水　本物志向なんだ。
三谷　それにね、清水さんはご存知ないようですけど、ポールのドレッシングは、利益は全額慈善事業に使われているんですよ。
清水　え？　そうなの？
三谷　税引き後は全額寄付だって。
清水　だてに「ハスラー」でシェイクしてないね。
三谷　どういう意味？　映画間違ってる。
清水　そうだっけ。あれ、なんだっけ？
三谷　あれじゃないですか。トム・クルーズのやつでしょ。「カクテル」
清水　「カクテル」だ、そうそう。上手いこと話が変わってくれました。

三谷　トム・クルーズは「ハスラーII」で、ポール・ニューマンと共演してましたからね。それでごっちゃになっちゃった。

清水　そうでしたそうでした。

三谷　ポール・ニューマンは責任感ある人だから、やっぱりちょっと味見をして、「もうちょっと塩加減」とか言っていたと思うな。

清水　今のモノマネしているの？

三谷　僕は「ミーアキャット」という映画で、ポール・ニューマンの代わりをやった男ですからね。

清水　まぁ、ポールのドレッシングは素晴らしいってことがわかりました。三谷さんも、もしかしてちょっとやりたいですか？　何か。

三谷　副業ということ？

清水　うん。例えば、「眼鏡のプロデュースをお願いします」って言われたらやってもいい？

三谷　いや、やんないな。

清水　お金はこっちで出しますよって言われても？

三谷　もし、なんでもいいというなら、屋台やりたいんですよね。

清水　何それ。ごめんなさい、笑わなくて。

三谷　別に笑わせようと思ってないよ。

清水　本気で屋台を？
三谷　屋台のいいアイディアがあるんですよ。
清水　おっ！　聞きましょうか。
三谷　カレーの屋台。住宅街回って、僕が屋台を引いてくるじゃないですか。で、みんなはご飯だけ持ってくるんですよ。
清水　なるほどなるほど。
三谷　それにかけてあげる。
清水　「かけて〜かけて〜」と言って。
三谷　そうそう。だめ？
清水　やっぱり映画人というのはなんか、かけることが好きなんですかね、ドレッシングとかカレーとか。
三谷　そうなんだねえ。

ついでの話〈ポール・ニューマンのドレッシング〉
アメリカの映画俳優ポール・ニューマン氏のグルメぶり、特にドレッシングに対する情熱は有名で、レストランに入って注文したサラダのドレッシングが気に入らず、店長に酢や油などを持ってこさせて、自ら調合してサラダにかけた……というエピソードはあまりに有名。そして好きが高じて一九八二年に“Newman's Own”を立ち上げ、「オイル&ビネガードレッシング」を発売。その他パスタソース、サルサソース、ポップコーンなどさまざまな商品を世界各国で販売。できるだけ添加物を使用せずに、品質の良い商品を目指すだけではなく、創業以来、全ての税引き後の利益をチャリティーに寄付。今では、その額は二億九千五百万ドル以上にのぼっていると言われている。

私、亀飼う人の気持ちがわかんない。亀どうやって愛せるの？——清水

なんか清水さん、亀嫌いですよねぇ。——三谷

清水　この間ちょっとびっくりしたんですけど。三宅裕司さんがＷＯＷＯＷで、コント番組を持っていらっしゃるんですね。

三谷　へえー。観たことないな。

清水　で、そこで、ＹＯＵさんとかね、ほかにもお笑いの方が。

三谷　みんな出てるの？

清水　出てらっしゃいました。

三谷　なんで呼んでくれないのかな。

清水　だから、いちいち呼ばれたら大変なことになるよ。

三谷　三宅さんよく知っているのになあ。

清水　コントに出て楽しむタイプじゃないじゃないですか。

三谷　出たいなあ。

清水　三谷さんは呼んでもらえないけど、私は今度、ゲストで出してもらえるんです。

三谷　出るんですか！　これから収録ですか？

清水　そうなんだけど。その前にリハーサルがあったんですよ。三宅さんってジャズバンド

三谷　を持っていらっしゃるんですよ。
清水　三宅さんジャズ大好きだからね。
そうそう。で、そのバンドの練習場っていっつも探すのに苦労してたんで、思い切って、自分ちに造ったからリハーサルをそこでやりましょうって。
三谷　スタジオを？
清水　そう。行ってみたら高級住宅街に体育館みたいなスタジオができてて。
三谷　へえ。でっかいんだ。
清水　全然音漏れもしない本格的なスタジオで、そこで芝居の練習もできるんですよ。
三谷　そんな広いんですか？
清水　うん、すごいよね。芸能人のお金の使い道で、これだけまっとうに使っている人がどれだけいるだろうと思ってね。ブランド品に使ったり、高級車とか、豪邸とかはいるけど、若い人も使えるスタジオ造っちゃうというのはすごいよね。
三谷　そうですね。豪邸でプールというのはいますよね。
清水　プールって持っている人、知り合いでいたりする？
三谷　知り合いにはいない。
清水　あれ、掃除が大変なんだってね。
三谷　そりゃ、そうですよ。
清水　びっくりするぐらい枯葉とか入ってきて、水ってやっぱり生きているんだってさ。

三谷　いいことを言った。水は生きてますよ。
清水　だってさ、水槽一つだってホント言うと大変じゃん。
三谷　そうですよね。すぐ藻が生えるしね。
清水　よく知ってるね、なんか飼ってたの？
三谷　金魚はないですよ。亀はあるけど。
清水　ごめん。私、亀飼う人の気持ちがわかんない。亀どうやって愛せるの？　前もこんな話したな。
三谷　なんか清水さん、亀嫌いですよねえ。
清水　海亀の図鑑をずっと読んで、海亀はすごく好きになったんですよ。でも、近寄る気にはならないよ。ルックスはあんまり好きじゃないのよね。
三谷　かわいいじゃないですか。
清水　亀をペットで飼う気持ちを教えてください。
三谷　なんか今度、僕らの本がまた出るじゃないですか。このラジオの本の第三弾が。
清水　うんうん。
三谷　ゲラチェックを今しているんですけど。やたら亀の話が出てくるんですよ。
清水　そうだっけ？　そう？
三谷　すっぽんの話だとかね。
清水　そうそう。食べてもいるんだね。

三谷　だから、きっとね、僕らの中で亀っていうのはね、なんかあるんでしょうね。
清水　なんかおめでたいものだからいいのかもしれない。
三谷　佐藤浩市さんが、蹴爪陸亀《けづめりくがめ》飼っているんですけど、可愛いですよ。
清水　陸亀飼っているんですか？
三谷　しかも、二匹も飼っているんですよ。
清水　何が楽しいの？
三谷　聞いたんですけども、陸亀って人になつかないんだって。おいでおいでしても来ないし。
清水　金魚や亀とかは、無理だよ。
三谷　全然コミュニケーション取れないらしいんですよ。で、臭いんだって。
清水　いいところないじゃないですか。
三谷　「どこがいいんだ？」って、聞いたら、「例えて言うならば、鎧兜を部屋に飾るみたいなね、そういうこう、アンティークな感じなんだ」って。
清水　錦鯉みたいな感じかな。あれもなんかすごい鎧兜な感じしない？
三谷　亀はね、もう太古の昔からね、恐竜の時代からたぶんああいう格好をしているわけですよ、彼らは。
清水　そうなの？
三谷　それが家に鎮座ましましている感じというのが、結構見てるだけで癒される。

清水　なるほどね。動きも。
三谷　動きは怠慢ですけど、実は、走るとすごい速いらしい。
清水　え、亀なのに？
三谷　話聞くとね、いいことなしなんだけど、でも、飼っていると、見ながらちょっとコーヒー飲んだりするといいらしいですよ。ちょっと臭いけどね。
清水　でも、ペットってそうなんだよね。なんか長所ばっかりじゃないし、可愛くてなつくからいい、というもんじゃないもんね。
三谷　そうですよ。
清水　結婚もそうですよ。なんでもかんでも。
三谷　そうか、そうだったのか、結婚。
清水　一昨日、下北沢の洋服屋さんに行ったら、マルチーズが飼われていたんです。それで、その犬はいつも洋服着せられてて、私あんまり可愛く可愛くされている犬って、そんなに好きじゃないんだよね。
三谷　三つ編みみたいにしたりとかね。
清水　三つ編みは見たことないですけども。その犬が私を見るなりぱっと寄ってきて、なんかすごい……。
三谷　なつくの？
清水　もう「お母さ〜ん」みたいになついてくるから、私も「可愛いですね」なんて言って。

三谷　「何歳なんですか？」とか、名前聞いたりとかしてたら、なんかね、お腹を見せるんだよね。
清水　洋服屋さんが？
三谷　犬ですよ。ゴロンとなってお腹を見せるの。
清水　服従のポーズですよ。もう私は何も持っていません。煮るなり焼くなり。
三谷　好きにして結構です、みたいな感じがして可愛かったですね。
清水　犬は服従したがる動物ですからね。
三谷　そしたら、「たぶん犬もわかるんですよ。犬飼っていらっしゃいますよねえ」って言って。「犬は飼っていないですけど猫を飼っています」と言ったら「なんかそういう獣の匂いがあるんですかね」って言われた。
清水　獣臭がするんだ。
三谷　それ、すごくイヤなんだけど。獣臭とペットの匂いというのは別の言い方してくれる？
清水　ペット臭、あまり言わないね。
三谷　「清水さんって獣臭するよね」って言われたら最悪だよ。
清水　腹見せたのは、怖かったのかもしれないですよ。
三谷　ああ、殺さないでくださいみたいな。違いますよ。
清水　お腹を見せるってのは、彼らにすればホントにもう情けない格好ですからね。

清水　だからか、まわりが「私が子分です」と言ってくるのは。
三谷　そうですよ。僕ももう心の中ではいつもお腹見せてますから。
清水　よ〜し、よしよし。
三谷　うちは仕事の時って、ペットシッターさんにお願いして散歩に連れていってもらうんです。
清水　ラブラドールのとびのね。
三谷　ある日、たまたま、僕が仕事早く終わって帰ってきた時に、そのペットシッターさんがうちの犬を連れて散歩しているところを遠くから目撃したんですよ。もう涙が止めどもなく流れますね。
清水　それ、やきもちということですか？
三谷　やきもちじゃなくて、なんか健気で。
清水　どっちが？
三谷　犬が。一所懸命ペットシッターさんに気を遣って歩いているんです。
清水　それはそういう目で見るからじゃないですか。
三谷　いや、たぶん絶対そうだと思うよ。
清水　やっぱ緊張感があるの？
三谷　すごい緊張しつつ二人で散歩しているの見てて、ああ、こいつ頑張っているなと思って。

清水　そう。
三谷　里子に出した子供がね、必死に生きている姿を見て涙する親の気持ちがわかった。
清水　私、それを聞いているペットシッターさんの気持ちになって今、涙が出そうになりました。
三谷　そのあと話しましたよ、彼女とは。「とびちゃん、とても気を遣ってますね」って言ってましたもん。
清水　ペット臭の前に、まず人間がクサいのよね。

ついでの話〈陸亀〉

カメ目リクガメ科に属する亀。一口に陸亀といってもヨツユビリクガメ、ヒラセリクガメ、ホウシャガメ、ヘサキリクガメ、ナンベイリクガメ、ソリガメ、アルダブラゾウガメ、インドリクガメ、ヤブガメ、クモノスガメ……とその種類は多く、アフリカ大陸からユーラシア大陸、アメリカ大陸、オセアニアと幅広く生息している。ちなみに佐藤浩市が飼っているのはケヅメリクガメで、名前はトウカイテイオー。競走馬のトウカイテイオーが、一年ぶりに出走して勝った有馬記念（一九九三年）の直後に飼い始めたので命名したとのこと。

でも、僕の目を見ながら死んでくれたからね。——三谷

睨みつけながらだったんじゃないの？「く、苦しい」——清水

三谷　最近、僕、心霊写真にちょっとね。凝っているというか、ちょっと考えるところがあって調べているんですけど。

清水　また随分、陽気な話から始まりましたね。

三谷　彼らのモチベーションはなんなんですか？　なんで写るの？

清水　写るというか、そういうふうに見えたものを霊だと人間が信じ込むんでしょ。昔、妖精の写真で完全に騙された有名人いたよね。

三谷　コナン・ドイル。

清水　コナンさんだ。

三谷　ドイルさんね。

清水　どう見たってこれ妖精じゃないでしょ、合成でしょというものなのに。でも、コナンさんの心の中で、妖精がいて欲しいという欲求が勝ったから信じちゃったんだよ。

三谷　待って、清水さんの中では、心霊写真はもう全部嘘ということ？

清水　信じたくも見たくもないけどなあ。どうなんだろう。

三谷　確かに人間の目は例えば、三つの点があれば顔に見えると言うけれども。

清水　そうそう。
三谷　ただものすごくリアルに出てる写真とかあるじゃないですか。あれは何？
清水　だから、それってほら、写真が焼きあがる時にミスがあったりするんじゃないの？
三谷　どうですかね。僕は、逆に自分が幽霊になった時にどうやって写ろうかって、やっぱ考えると思うんです。
清水　写真に出るより、生のほうがいいでしょ。
三谷　やっぱり残りたいじゃないですか。
清水　写真だと「気持ち悪い」ってずっと言われるんだよ。出なきゃよかったなあとなるじゃない。
三谷　でも、いい感じで出た時は、一つの作品として残るわけだから。
清水　私は、自分が幽霊だったら、しまったという感じじゃないかなと思う。あっ、写っちゃった。
三谷　そういう顔にも見えるよね。あっという顔になっているもんね。
清水　イェイ！　という幽霊いないからね。
三谷　そうなんですよ。
清水　私、ずいぶん前に「さよなら李香蘭」ってドラマの撮影で、中国の奥地に行ったことあるんですよ。沢口靖子さん、秋本奈緒美さんなんかとね。
三谷　中国の奥地ってどこらへんに？

清水　どこだか忘れちゃったけど、日本軍が造ったというホテルに泊まったんですよ。コンクリートびっしりで、めちゃくちゃ寒い感じ。
三谷　撮影現場じゃなくて、そのホテルに泊まったんですね。
清水　うん、スタッフは別のホテルに泊まったんですけど、女優さんはこっちのほうがいいホテルですからって。確かに部屋が広いんですけどね、異様に広くて教室ぐらいあるわけよ。
三谷　そんなでかいんだ。
清水　うん。それでがらんとしているのね。
三谷　怖いね。昔はホテルじゃなかったのかも。
清水　そうなんです。今はホテルにしましたという感じなの。それで、あまりにも怖かったんで、マネージャーさんに来てもらったわけ。ベッドが二つあったから、一緒に寝てもらったの。
三谷　怖いもんね。
清水　そしたら夜中にね、マネージャーが「キャー」って叫んだんですよ。
三谷　寝言じゃなく？
清水　ふるえながら「部屋の四隅で緑の服を着た男の人たちが、私の方に銃口を向けていた」と言って。私もとっさのことにビビッたんだけど、なぜだか思い切って「すみません、出ないでください！」って怒鳴ったの。

三谷　さすがですね。

清水　そしたら、その後から出なくなったのね。だから一喝するってすごいなって思ったんだけど。

三谷　幽霊を恐れさせたってすごいですよ。

清水　その時に泊まった部屋の写真というのがあるんですよ。撮ろうとしたんじゃなくて、マネージャーが寝るためにベッドを動かそうとした時に、カメラを触ったらシャッター切ったような気がする、という写真なんですけど。

三谷　写ってた？

清水　うん、日本に帰ってきて現像に出したら「狐みたいな顔をした男の人が写っている」ってマネージャーが言って、でも私はそうは見えないのね。「言われたらそう見えなくもないけど、恐怖が勝っているから、そういうふうに見えちゃうんだよ」と言ったんだけど。

三谷　他の人にも見せました？

清水　「それはやっぱり霊だ」と言う人と「違う違う」という人と半々だったのね。私は違うなと思ったんだけど。とにかくその一枚をどうしたらいいんだということになって。

三谷　気になりますね。

清水　どこに捨てたらいいんだ、捨てると罰が当たらないか、という論議になったんですが、あなただったらどうします？　その一枚。

三谷　そっと清水さんの鞄に入れとくとかかなあ。
清水　それが、うらめしやになるかもしれませんよ。
三谷　実際はどうしたんですか？
清水　結局なんかどっかいってうやむやに。
三谷　そうなんだよね。いつの間にかどっかいっちゃうんですよね。
清水　現実って残酷。さらに、驚いたのが翌朝、秋本さんが「二時頃、そっちに幽霊出なかった？」って言うじゃん。「なんで？」と言ったら、「私の部屋に幽霊がやってきたから隣へ行ってってちょうだいってお願いしたの。それが二時頃だったから」と普通に言うの。あんたのせいで！（笑）
三谷　そうですね。隣の人はたまったもんじゃないですけど。
清水　でも考えたら幽霊も気を遣ってるのかね。
三谷　秋本さんに「隣に行きなさい」と叱られて、隣に行ったら清水さんから「出ないで」と一喝されて。
清水　「きっついなこの女」と思ったのかな。
三谷　それで思い出したけど、祖母の話なんですが、祖父がもう危篤状態の時に、夢かもしれないんだけれども、病院のベッドで祖父の側にいたら、なんか壁から手が出てきて、祖父を連れていこうとしたんだって。その時に祖母が立ち上がって「なんばしよっとか」って言ったら、「あっ、ごめんなさい」という感じで手がすっといなくなったって。
清水　そうなんだ。やっぱあるのかな。
三谷　だから言ったほうがいいんです。皆さんも一喝したほうがいいよ。
清水　それ、私が今、教えたじゃないですか。
三谷　でも一喝したのは清水さんより、僕の祖母のほうが先ですからね。
清水　悔しい。
三谷　何かを訴えたかっただけかもしれないのにね。
清水　何かって何よ。
三谷　雨が降ってくるから窓を閉めたほうがいいよ、とか。
清水　そんなの幽霊に言われなくてもわかりますから。
三谷　お別れにくるってこともあるんじゃない？
清水　この番組の放送作家のマツオカさんが、最近犬を亡くされたんだけれど、タクシーで病院に駆けつけたけど、途中でダメだって電話がかかってきて間に合わなかったんだって。それで遺体を引き取って、一晩中側にペットボトルを置いて供養してたら、ペットボトルの中の水が、どういうわけかパシャパシャと動いたんだって。
三谷　それはお別れに来たんですよ。
清水　という話をしたばっかりですよ。
三谷　実家でヨークシャーテリアを飼ってた時の別れも辛かったなぁ。

清水　いつ？
三谷　もう十数年前ですね。
清水　泣いた？
三谷　僕も仕事で出かけてて、もう死にそうだと電話がかかってきて、急いでタクシーで行ったら僕は間に合ったんです。もう瀕死の状態で意識もないんだけど、まだ息があって。
清水　待っててくれたって感じだよね。
三谷　僕が抱きかかえてやったら、僕の顔を見ながら息を引き取ったんですよ。
清水　潰したんじゃない？　大丈夫？
三谷　母が言うには「あんたがもっと丁寧に抱いてやっていたらね、もう数分長生きできたのに」。
清水　圧死だ。感情的になっているからね、ついついギュッと。
三谷　でも、僕の目を見ながら死んでくれたからね。
清水　睨みつけながらだったんじゃないの？「く、苦しい」
三谷　彼女の瞳にはね、最期に映ったのは僕の顔だと思うとね。
清水　睨みつけた炎の中のね。
三谷　違いますって。いい最期じゃないですか。
清水　よく親の死に際に、とかいうじゃないですか。そんなに大事なのかな。

三谷　死に目に会えないことが？

清水　この世のイン&アウトみたいな時に、そこにいなきゃいけないというけど、ホントにそんなに大事？

三谷　清水さんが亡くなるとして、やっぱり一番大事なのは清水さんの気持ちですよ。

清水　そういうのはプライバシーというか、水臭いようですけど見て欲しくないよね。

三谷　でも、やっぱり一番大事な人にはいて欲しいという感じじゃない？

清水　カクっとなった時に絶対あなたくすっと笑うでしょ。

三谷　清水さんが亡くなった時はね。

清水　うん。だから、それがイヤだから、絶対に誰にも見に来て欲しくない。

三谷　僕、自分で死ぬ時はまだ息があるうちにカクっとやりたいですよね。

清水　一回やってみるの？

三谷　うん。ホントはそのあとに死ぬんだけど、もうその寸前で一回やって。

清水　最期まで寒かったなあと言って。

三谷　何回かやる。

清水　その時は一喝しますよ。頼むから逝ってくれ！

三谷　怖い話の続きですけど「猿の手」の話を知ってますか？

清水　タモリさんのフジテレビのあれでしょ。

三谷　三つ願い事が叶う話だよ。

清水　知ってるどころか、私出てますから。布施博さんが旦那さん役で。猿の手に願いを三つする話だよ。
三谷　「世にも奇妙な物語」で？
清水　そう。
三谷　元は海外の古い話なんですよ。
清水　ありそうだね。
三谷　一つ目がなんだっけな。お金が欲しいですよ。老夫婦が出てきて。
清水　大丈夫ですか？　最後まで着地できそう？
三谷　ちょっと一分僕にもらえますか？
清水　もう私がお願いしましょうか？　一つ目はあなたが、この話をちゃんと最後まで説明できますようにと。
三谷　大丈夫です。ある所に貧乏な老夫婦がいました。ある日彼らは願い事が叶う猿の手を手に入れるんです。
清水　やったーって喜んで。
三谷　何を頼もうかってことになり「お金が欲しい」とお願いするんですけど、彼らの息子さんが工場で機械に挟まれて亡くなっちゃうんですよ。で、息子の生命保険が入ってくるの。それが一つ目の願い事。
清水　うわあ、イヤな形でお金持ちになっちゃったと。

三谷　そう。で、こんなお金なんか欲しくなかった！　と泣きながら二つ目の願い事をするんです。「息子を返してください」って言うの。そしたら夜。

清水　そうだ。

三谷　帰ってくるんですよ、息子が。

清水　ねえ。

三谷　で、ドアの外にいるんですよ。トントントントントン。「帰ってきたよ、お父さん、お母さん」って。でも一度死んだ息子が、どんな形で外にいるかわかんない。もうすごい死に方をしちゃったからね。

清水　スケキヨよりすごい顔だ。

三谷　もう悲惨な事故でしたから、グシャグシャだったんですよ。お母さんがドアを開けようとするんだけど、お父さんが「開けちゃダメだ」。で、猿の手に願った三つ目の願い事は、「息子を墓場へ返してやってください」。

清水　そうでしたね。

三谷　癒されますね。

清水　癒されはしませんよ。

三谷　清水さんが演じたんですか？　猿の手を？

清水　手じゃないですよ。妻の役です。私が出演したのはもっと現代版で、ストーリーも今のとは全然違いますけどね。

三谷　開けちゃうんだ、ドアを。ひっどいなあ。
清水　違うわよ。息子に会ったわけじゃない。そんなね、ブラックなやつに出てないですから。今、この番組のディレクター、スガワラさんが、「三つ目の願い事の時に、思い切ってもう一つ猿の手くださいって言えばよかったのに」って言ったんですよ。
三谷　それだけは、ホントみなさんお願いしますけどもやめてくださいね。例えば、魔法のランプがあったとしますよ。それ手に入れて、願い事を一個だけ叶えてあげますという時に「もう一個ランプください」なんて絶対言っちゃダメですからね。
清水　なんで？
三谷　そんなこと言う奴は、言った途端に命を絶たれますよ。
清水　どうして？
三谷　僕がランプの精だったら、そんな欲張りな奴は許さないですね。
清水　そこをなんか面白くアレンジしてくれるかなと思ったんですけどね。
三谷　ご不満ですか？
清水　猿の手どころか、合いの手を入れるのも疲れてきましたのでこのへんで。

ついでの話〈猿の手様〉
　フジテレビ系「世にも奇妙な物語」で、一九九〇年六月二十八日に放送されたのが「猿の手」の話をアレンジした「猿の手様」。脚本は土屋斗紀雄。キャストは布施博と清水ミチコ。

あらすじ

社運を賭けたアイディア商品「全自動孫の手」が全く売れず、切羽詰まった町工場の社長・富男（布施博）は、代々家に伝わる猿の手のミイラ「猿の手様」に願をかけることにした。この猿の手様は、願いを三つ叶えてくれる代わりに相応の見返りがくる恐ろしいアイテムであり、すでに大学受験、会社設立のときに願をかけている富男は、そのたびに骨折したり事故に遭ったりしている。ヤケで三つ目の願いをかけた翌日から、商品は大ヒット。願ってもいない幸運も舞い込むが、富男は見返りの大きさを思って鬱状態。川べりをふらふら歩いていたところ、子供の乗る三輪車にはねられ、土手を転がり落ち全身複雑骨折する。「……これぐらいで済んでよかった」と病院のベッドで高笑いする富男。一方その頃、別室では富男の妻（清水ミチコ）が医者から「ご主人は末期ガンに侵されている」と宣告を受けていた。

「ちょっとだけ」のつもりが、何十年も残るなんてすごいですね。——三谷

うん、うちらも、あんまり恥ずかしいことできないですよ。——清水

清水　私この間、徳光和夫さんから。

三谷　徳さん。

清水　直々にお電話があって。「清水さんのすごくファンの社長の息子さんの結婚式で、僕が司会をするんだけれど、その社長さんがゲストでぜひ清水さんに歌ってもらえないか？　って言っているんだ」と頼まれたんです。その日はたまたま仕事があったから「すみません」とお断りをしたんですけど。

三谷　徳光さん、そういうブッキング交渉までされるんですか。

清水　その時はね。それから一カ月ぐらいして徳光さんにお会いしたので「先日はすみませんでした。ところで私の代わりはどなたになったんですか？」って訊《たず》ねたら。

三谷　誰が行ったのかね。

清水　「ああ、あれね、いろいろスタッフとかが動いて、水前寺清子とTOSHIになった」って言うんだけど、すごくない？　組み合わせ。XJAPANのTOSHIですよ。

三谷　XJAPANのTOSHI？

清水　なんのトシだと思った？

三谷　田原トシちゃんか、敏いとうの敏かでしょ。どっちかなあと思って。
清水　それだったらね、まだわかるんですよ。
三谷　ＸＪＡＰＡＮのＴＯＳＨＩと。
清水　水前寺清子。どんな三百六十五歩のマーチなんだろう。
三谷　しかも清水さんの代わりということでしょ。
清水　そうなんですよね。
三谷　水前寺さんは新郎のお父さんの希望で、息子さんのリクエストがＴＯＳＨＩさんだったんですかね？
清水　なんか芸能界の不思議を見ましたよ。
三谷　すごいなあ。
清水　私は平均すると水前寺清子とＴＯＳＨＩを。
三谷　足して二で割った感じなんだね。
清水　足して二で割ったような感じではないと思うけど。ただ、わかってる？　ＸＪＡＰＡＮがどういう音楽をやっているか。
三谷　「♪～（メロディ）」の人でしょ。
清水　あなた。小泉元総理以下ですよ。
三谷　だってよく知らないもの。それより今日は、清水さんにぜひ知って頂きたい豆知識がありますので教えましょう。

清水　どうせテレビで得た知識でしょ？
三谷　そうですけど、これはどうしても知っておいてもらいたい豆知識ですよ。僕はびっくりしました。
清水　なんでしょう？
三谷　「おしゃかになる」というじゃないですか。どういう時に使いますか？
清水　はい。何かが壊れた時。
三谷　おしゃかになっちゃった。
清水　今の面白い話がそうでした。
三谷　なぜ壊れた時におしゃかになると言うか？　おしゃかというのは、お釈迦様のことですからね。
清水　なんか成仏するいいイメージがあるじゃないですか。
三谷　ものがね。壊れて天に召されるみたいなね。
清水　そうそう。
三谷　僕もそう思っていたんですよ。いろんな説があるんだけれど一番有力なのは、なんていうかダジャレなんですね。昔の日本人は面白いことを考えますね。昔といったってね、大正時代だそうですから、そんな昔じゃないんです。
清水　あんまり伸ばすとあれですよ、ものすごい期待高まるんだけど大丈夫？
三谷　どういうところからこういう言葉ができたかというと、ある工場で鋳型にはめていろんなものを作っていたんだって。

清水　鉄みたいなもの？

三谷　鉄みたいなものですね。で、何かを作っている工場があって。ある時変なものができてしまった。これもう使い道がない、みたいな変なものができてしまって、これはもうダメだ、壊そう。なんでこんなものができてしまったんだ。火が強かったんだ。

清水　鋳型のね。

三谷　鋳型の火が強かったんだ。

清水　火が強かったんだ。

三谷　火が強かったんだ、火が強かったんだ。火が強かったんだ、火が強かったんだ、しがつよかっだ。四月八日だ。四月八日といえばお釈迦様の誕生日。

清水　絶対騙されていますよ。

三谷　そんなはずはない。ＮＨＫで言っていたんですから。

清水　ＮＨＫ信じるというのも年寄り臭いな、もう。

三谷　ＮＨＫ嘘つかない。いやあ、目から鱗《うろこ》が落ちましたね。

清水　四月八日って。

三谷　「ひ」を「し」と発音しちゃう江戸の職人さんだから。

清水　シガツヨウカだった。命日が四月八日だったら、なんとなくわからないでもないけど。

三谷　お誕生日が四月八日、なんだって。言葉って面白いですね。

清水　うん。というか、みんなのしらけ具合がすごく面白かったですね。
三谷　別に誰もしらけてないでしょ。
清水　うっそー！　と叫ぶ体勢の着地を待ってたら。
三谷　もう今頃、ラジオの前のみんなはびっくり仰天じゃないですか。
清水　壊れて天国に召されたと信じるほうがまだシャレてない？
三谷　確かにね。でも、どっちがお洒落とかそういう問題じゃないですもん。
清水　NHKも、またなんでそんなことを言い始めたんだろうね。
三谷　夕方くらいにやっている番組かな。言葉のいろんな語源とかを教えてくれる番組があるんですよ。
清水　へえー。NHKもいろんな番組があるんですね。
三谷　「スタジオパークからこんにちは」に出たことはありますか？
清水　ありますね。オープニングだけちょっと辛かった。
三谷　そう、オープニングがイヤなんですよ。
清水　ほかは大丈夫だけどね。
三谷　お客さんの前を通ってスタジオに入っていく感じがね。
清水　別に調子に乗っているわけではないですからって思うよね。お客さんはなんにも思ってないけどね。
三谷　ね。ちょっと調子にのっているぞ、清水ミチコって。

清水　のってないから。
三谷　のってるふうに見えちゃうんだよね。
清水　そう。見えるでしょ。
三谷　僕、恥ずかしいからわざと後ろ向きに入ってみたんですよ。
清水　三谷さんらしいな、もう。
三谷　でも、あんまり余計なことをしないほうがいいみたいですね。
清水　わかるわかる。よかれと思って余計なことすれば寒くなるから、とにかく大人しくしてたほうが体温で暖まっていくんだよね。ああいう時ね。
三谷　そうなんです。あれ、生放送だしね。
清水　じゃあ、あれはありますか？　騒いでいてお尻を出したとか、裸になったとか。
三谷　お尻を出した？
清水　なんか男の人って時々あるじゃん？　テレビじゃなくてですよ。
三谷　プライベートでお尻を出したことあるか？
清水　仲間とわいわいやっててだよ。
三谷　お尻出したことないですね。
清水　あっ、そうなんだ。
三谷　あんまりないでしょ、みんな。
清水　どうしても出さなきゃいけなくなったら？

三谷　もう最後の最後に、何かやらなきゃダメだと言われて、なんにもやることなかったらもう。
清水　出した時に、ピタッ、シーンとなったらどうする？
三谷　いや、自信があります。
清水　じゃ、面白いんだ。
三谷　大爆笑だと思うな。
清水　わかった。毛がいっぱいですね。
三谷　お尻に。
清水　爆笑じゃない、それ。
三谷　ひどい、ひどいな。清水さんは？
清水　私ないですよ。ないというか、小学校の時カトちゃんの「ちょっとだけよ」が流行ったけど、あの時は男に生まれたかったなあと思いましたね。なんか女子がやったら引くというのが、子供心にわかりましたからね。
三谷　確かにね、女の子が言うのはちょっと引く。
清水　芸人のモリマンなんかは出せるね、すごいよね。
三谷　出してました？
清水　あのね、ナンシー関さんの名文に、「女子でも出していいケツというものがあるのだ」というのがあるんですよ、それぐらいだったらいいんですけどね。

三谷　カトちゃんの「ちょっとだけよ」を今、聞いている方々たぶん知らないと思うんですよ。

清水　三十代はわかるんじゃない？　それに最近の若い人はＹｏｕＴｕｂｅなんかで、ものすごいお笑いのこと知っているよね。

三谷　いつでも観られるからね。

清水　そうそう。昔のお笑いもすぐに観られるのよ。

三谷　「ちょっとだけよ」も観ようと思えば観られるのかな。

清水　うん。観ようと思えばって。ビデオもＤＶＤもあるからね。

三谷　そうか。「ちょっとだけ」のつもりが、何十年も残るなんてすごいですね。

清水　うん、うちらも、あんまり恥ずかしいことできないですよ。

三谷　恥ずかしいといえばね、この間香港に行った時、スタッフの皆さんと、美味しいと評判の甘いもの屋さんに行ったんですよ。僕の大好きなココナッツミルクみたいのがいっぱいありながら、ワンタン麵もあるみたいな。

清水　中華系のお店なんですね。

三谷　まあ、香港ですからね。そこでみんなはココナッツミルクのタピオカ入りを頼んだんですけど。

清水　あるある。

三谷　僕もあれが好きなんだけど。

清水　タピオカね。美味しいよね。
三谷　同じようなものでも、ちょっと燕《つばめ》の巣入りというのがあったから「じゃあ、僕こっちがいいや」って頼んだんですよ。
清水　大丈夫？　いらんことしてない？
三谷　そしたら、他の人たちは普通のお皿に入っているんだけど、僕だけ金の壺みたいのに入ってきて、蓋もついててものすごく豪華なんですよ。で、値段表を見たら。
清水　燕の巣だもんねえ。
三谷　二十倍ぐらい高かった。
清水　本物が入っているんだ。
三谷　うん。八千円ぐらいだった。
清水　へえー。さすがだね。値段まで見てないんだ。
三谷　全然見てないで、「あっ、僕これ」とか言っちゃったら、「こんなの頼む人いませんよ」みたいな。「王様のデザートだ」と言われて。
清水　そうだよね。しかもああいう時って、だいたい相手の人が払ってくれるからね。
三谷　すごい悪いことしちゃいました。
清水　そんなことよくできますね。
三谷　で、味は全然たいしたことなかった。
清水　八千円払ってから文句言ってください（笑）。

ついでの話〈ココナッツミルク〉

　ココナッツミルクとは、熱帯地方原産のココヤシの果実から作られるミルク状の液体。熟すと果肉の胚乳部分の液体分がなくなり、白い脂肪層に変化する。これを細かくすりおろし、水を加えて絞って作る。これを料理やデザートに使う。また、ココナッツミルクのデザートに使用されることが多いのがタピオカ。タピオカの原料は「キャッサバ」というイモの澱粉《でんぷん》で、白い小粒のタピオカ、黒い大粒のタピオカ、カラータピオカなどの種類がある。ちなみに「Ｒｏｍａｎｔｉｃが止まらない」のヒット曲で知られるＣ-Ｃ-Ｂは、ココナッツボーイズのこと。

昔は自分も役者で出ていたんだけど、今回、僕は出演しなかったんですよ。
——三谷

昔出てたんなら、なんか出たくなるような気がする。——清水

清水　私、明日からロケで韓国行くんだけど、初めて「エコノミーでいいですか」って聞かれました。
三谷　清水さんクラスはいつもビジネス席ですもんね。
清水　正直、エコノミー席でも全然問題ないんですよ。ただ、スポンサーがらみみたいなので、タレントはビジネスが多いのよね。
三谷　最近は経費節減の時代ですからね。
清水　そうなの。この間もある番組で、弟がテレビに映ったんですよ。
三谷　清水さんの？
清水　私の弟。「ここはある有名人のお宅ですが、いったい誰の家でしょうか」みたいな。だんだんヒントが出てきて、答えは清水さんちの実家でした、ってクイズの問題に使う撮影。で、弟に「あんた、テレビに出てたね」と言ったら、初めは「何とかテレビです」って電話かかってきて、出演してくれないかと言われたんだって。だから「うちは素人ばっかりで何もわからないので、とにかく姉の事務所に一回電話してくれ」

と言ったんだって。

三谷　姉に聞いてくれと。

清水　「細かいことが決まったら、うちに電話してくれれば、いつでも出ますんで」っていう形だったんだけど、どうも連絡をしないんだって。「姉のほうには連絡しましたか？」って聞くと、「ううーん。ふふふ。まぁお願いしますよ」みたいな。

三谷　ごまかすんだ。

清水　なんでですかって、よくよく聞いてみたら、タレントさんの事務所を通すと、なんだかんだでギャラを取られるかもしれない。だけど、素人さんだから姉を通さなければギャラなしでいけるから、なんだって。こんなことラジオでしゃべっていいのかわからないけど。

三谷　特に清水さん、取りそうですもんね。

清水　取りませんよ。

三谷　でも、せちがらい世の中になってきてますよね。

清水　そうだね。でもさ、ちょっと身の程を知るっていうか。お弁当もそうだけど。ホントはタレントなんだから、自分で買えよっていうのもあるじゃん。

三谷　まぁね。給料安いＡＤさんに回してあげたっていいくらい。

清水　グルメだなんだって言ってる人もさ、結構局のお弁当に文句を言いながら食べてたりしますからね。

三谷　そうね。食べてますね。僕も金兵衛とか大好きですもん。

清水　金兵衛は美味しいね。金兵衛というのはね、魚の専門店が作ってるお弁当で、ごはんと二段になってるんですよね。

三谷　美味しいですよ。

清水　一段目は、白いご飯が敷かれてまして、二段目が焼き魚なんですけど。それも粕漬けだったりとかね。黒ムツとか。

三谷　そうそう。あと、僕の大好きな緑色の豆。

清水　あれだけはないな、金兵衛さん。

三谷　どうしてですか。あれがあれば、もうご飯いくらでも食べられますよ。

清水　あれ何？　あの人工的な色。

三谷　あれグリンピースでしょ、きっと。

清水　違いますよ。和風弁当にそんな洋のものを入れてどうするんですか、水臭い。

三谷　あの豆が何かは別にしても美味しいですよ。

清水　金兵衛のお弁当には、いろんな思い出が詰まってますからね。

三谷　僕の思い出が詰まっていたのは渋谷ビデオスタジオですね。この間なくなっちゃったんです。今、スタジオなんかもどんどんなくなってるじゃないですか。

清水　あそこで何撮ってたの？

三谷　「やっぱり猫が好き」も撮ってたし。「王様のレストラン」もあそこだったですね。

清水　へー。私もビデオスタジオ好きでした。他にはどこが好きだった？
三谷　スタジオ？　ＴＭＣも好きですけどね。
清水　ＴＭＣって、笑いの神様がいるっていう噂あるね。
三谷　ホントですか。
清水　そして三谷さんの青春時代のすべてが詰まっているのが、東京サンシャインボーイズ。
復活公演も大成功だったそうで。
三谷　僕が劇団の話をすると、清水さんはつまんなそうですが。
清水　そんなことないですよ。復活公演には三谷さんも出たんでしたっけ？
三谷　昔は自分も役者で出ていたんだけど、今回、僕は出演しなかったんですよ。
清水　昔出てたんなら、なんか出たくなるような気がする。
三谷　ちょっと香港に行ったりした、というのもあったんで。
清水　そうでしたっけね。
三谷　前にも話しましたよ。今回のお芝居は、同級生が集まるっていう設定なんです。
清水　なるほど。
三谷　で、千秋楽ぐらいちょっと出ようよみたいな話になって。
清水　前に聞いた稽古の時の話では、出ないって言ってたのに。それで、そのために最終回だけ話を変えたの？
三谷　全員が部屋に集まってきた時に、僕も交ざってそこにいるわけですよ。で、途中で自分だけ同窓会に間違って来た、全然関係ない人だということがわかって。

清水　面白い。

三谷　「あれ、みんな友達なの？」となって。「あなたは何小学校ですか？」「僕なんとかです」「全然違うじゃないか」「失礼致しました」って言って去っていくという役をやったんですよ。

清水　観たかったな。

三谷　リハもしないで、ぶっつけでやっちゃおうみたいな感じで。

清水　最後だもんね。

三谷　ところが、舞台の上に出た瞬間にしまったと思ったのは、やっぱりね、他の俳優さんたちは十五年間役者をやってきているわけですよ。だから、昔と全く違うんですよ、雰囲気が。昔はもうちょっとラフな感じで。

清水　三谷きたぞみたいな。

三谷　なんか、笑っちゃうみたいな。三谷かんべんしてくれよみたいな。

清水　ふがふがしてたんだ。

三谷　ふがふがなっているからこそ、僕は面白いことができたのに、今回は、僕を見てもみんな全く崩れないんですよ。そしたらさ、もう僕のほうが緊張しちゃって。

清水　またそういうの感じやすいからね。

三谷　うわあ、やんなきゃよかったと思って。

清水　それを顔に出すな。
三谷　出まくりですよ。
清水　狼狽《ろうばい》だ。
三谷　僕がそうだからお客さんもシーンとなって。最悪だったですね。
清水　私はまた、僕が出たら、お客がもうスタンディングオベーションした、と言うんじゃないかと思って。
三谷　内心それを望んだくらいですけどね。ホント最悪だったなあ。
清水　でも、それ、面白いですね。
三谷　役者はすごいと思ったね。
清水　昔の仲間が成長してるのを目《ま》の当たりにして。
三谷　もう目つきが全然違うんだもん。凄みがあるわけですよ。
清水　それは三谷さんが勝手に感じただけで、あっちとしてはおお、こいつ誰だっけなあっていう役に入っているわけでしょう。
三谷　そうそう、当たり前だけど、みんなちゃんと役を演じているのね。
清水　それはあなただってできそうじゃないですか。
三谷　僕はできないですもん、役者じゃないし。笑わすことはできますよ。でも、それは役でじゃなくて、僕自身が出ていって演じている彼らを笑わすという感じなのに、みんな真面目にやっているんだもん。

清水　真面目にやるのが当たり前でしょ。
三谷　で、終わったあともね、ちょっと三谷どうしちゃったんだみたいな感じになって。
清水　そんな、それは自分で感じただけだって。
三谷　いやいや。残念だったなあって言われましたよ。
清水　なんですか、その被害妄想は。
三谷　ちょっと悔しかったなあ。
清水　でも、よかったですね。ちなみにこの東京サンシャインボーイズの「リターンズ」。WOWOWでオンエア予定でございます。
三谷　そうなの。最悪なことに僕が出た回ですからね。
清水　うわっちょっとおいしいじゃないですか。これ聞いておくと余計に。
三谷　ひっどいですよ。
清水　スベったと思って観たほうがいいですね、じゃあ。
三谷　ただ編集というのがありますから、もしかしたら僕、自分のとこカットするかもしれないな。
清水　笑い声とか入れないでよ、逆に。
三谷　それもあるか。ウケているようにも作れるんだ。
清水　ひらめくな。
三谷　いいこと聞いた。

清水　恐ろしい。
三谷　で、その夜、打ち上げをやったんですけど。
清水　どんだけ楽しかろう。
三谷　僕の中でやっぱり十五年ぶりにみんな集まったわけだし、もう楽しいわけですよ。
清水　なんかそのエッセイ書いていたじゃないですか、あれ読んでもよっぽど楽しかったんだろうなと思ったもん。
三谷　充実した二週間。感無量だったし。
清水　そうだよね。
三谷　でも、もう僕はいっぱいいっぱいで許容範囲を超えた充実感だったので、これで打ち上げに出たらもうどうなっちゃうかわかんなかったんで、帰っちゃったんですけど。
清水　マジで？　途中で？
三谷　いや、初めから行かなかった。
清水　行かなかったの？
三谷　「仕事あるから」と言って。
清水　えっ、ホントはなかったのに？　どんだけ傷つきやすいの。繊細なの？　太いの？
三谷　繊細でしょ。そしたら、やっぱすごい盛り上がったらしくて、一人ずつスピーチもしたんだけど、もうみんな感無量で泣いちゃったりとかね、すごかったらしい。
清水　ええー、そこに三谷さんいないの？

三谷　うん。行かなかった。行ったら泣いてたもんな、きっと。
清水　前もなんか、大事なそういう席があったんだけど行かなくて、事務所の人、カンカンということとなかったっけ？
三谷　ありましたねえ。よく覚えているねえ。
清水　なんだっけ？
三谷　それは映画の打ち上げ。
清水　そうだっけ。
三谷　途中で帰っちゃったの。
清水　ダメじゃん。
三谷　やっぱダメなのかなあ。そういうの、いなきゃいけないのかな。
清水　自意識が過剰に強いよね。
三谷　いや、なんかね、そもそも昔から好きじゃないんですよ、そういうとこでこう、みんなでわいわいやったりするのが。
清水　気持ちはわかるけど。
三谷　ただ、昔は自分も若かったし、周りのことを考えなきゃいけない立場だったから出てたけど、最近ね、多少はちょっと我儘を言える年代になってきたから「じゃあ、もう帰るわ」って言って帰ったりとかね。
清水　だからさ、なんだろう。秋元康さんみたいにスマートに帰ることできないんですか。

三谷　秋元さんって参加してていつの間にか消えますからね。
清水　あの人はそうなんです。上手いよね。
三谷　だから、私も本人に会った時には「上手に消えましたね」ってほめたよ。「誰もびっくりしないし、ショックでもなく、ぱっと幽霊のように」って。「俺はああいうこと上手いんだよ」って言って。
清水　僕もね、理想なんだけど、僕、帰ろうとすると、必ずなんか躓《つまず》いたりとかして。
三谷　ね。
清水　「ああー、三谷が帰るぞ」とかってなって。
三谷　そうそう。あっ、電気消しちゃったみたいな。
清水　あっ、ごめんごめんみたいな。そうそう、最悪の。
三谷　それが好きなんでしょう。
清水　好きじゃないです。
三谷　この話も変にひっぱってるような気がしますが、今日はこの辺でさようなら。

ついでの話〈金兵衛〉
ロケの最中に支給されるいわゆる「ロケ弁」の中でも、局を超えて人気が高いお弁当屋さんの一つ。本店は代々木上原にあり、特に「銀ダラ弁当」などの魚系の充実ぶりが評価されている。もちろんテレビクルーだけでなく、代々木上原の店舗でもお弁当が購入できる他、最近は「金兵衛のお魚宅配サービス」もあり、地域限定ながら金兵衛の自慢の「漬け魚」を中心に、美味しい海の幸を各家庭まで届けてくれる。また駅弁業界にも進出し、金兵衛の味は一般家庭にも浸透中である。

本書は「DOCOMO MAKING SENSE」（J-WAVE）の二〇〇九年一月〜五月放送分を加筆再構成したものです。

構成　松岡昇

〈著者紹介〉
三谷幸喜　1961年東京都生まれ。日本大学芸術学部卒業。脚本家。在学中の83年に「東京サンシャインボーイズ」を旗揚げ。同劇団は95年より30年の充電期間に入る。以後、テレビドラマ、舞台、映画と多方面で執筆活動中。著書に『三谷幸喜のありふれた生活』『オンリー・ミー』などがある。
清水ミチコ　1960年岐阜県生まれ。文教大学短期大学部卒業。タレント。86年にライブデビュー。独特の音楽パロディーやモノマネで注目を集める。以後、テレビ、コンサート、CD制作など多方面で活躍中。著書に『私の10年日記』、CDに『歌のアルバム』『リップサービス』『バッタもん』などがある。

たてつく二人
2011年2月10日　第1刷発行

著　者　三谷幸喜　清水ミチコ
発行者　見城　徹

発行所　株式会社 幻冬舎
〒151-0051 東京都渋谷区千駄ヶ谷4-9-7

電話:03(5411)6211(編集)
03(5411)6222(営業)
振替:00120-8-767643
印刷・製本所:中央精版印刷株式会社

検印廃止

万一、落丁乱丁のある場合は送料小社負担でお取替致します。小社宛にお送り下さい。本書の一部あるいは全部を無断で複写複製することは、法律で認められた場合を除き、著作権の侵害となります。定価はカバーに表示してあります。

©CORDLY, JAMHOUSE, GENTOSHA 2011
Printed in Japan
ISBN978-4-344-01943-0 C0095
幻冬舎ホームページアドレス　http://www.gentosha.co.jp/

この本に関するご意見・ご感想をメールでお寄せいただく場合は、
comment@gentosha.co.jpまで。

―― 三谷幸喜・清水ミチコの本 ――

むかつく二人

気が合うのか合わないのか、仲がいいのか悪いのか、よくわからない二人の会話が一冊の本に。映画や舞台、テレビの話題からカラオケ、グルメに内輪話まで、縦横無尽の会話術に爆笑必至。

定価（本体1400円＋税）

いらつく二人

息が合うのか合わぬのか、よくわからない二人のスリリングな会話は、文章で読むとさらに面白い！　映画や舞台、歴史などの話から、旅や占い、プライベートな話題まで、ますます笑いが止まらない。

定価（本体1400円＋税）

かみつく二人

「かめばかむほど、味が出る!?」すべらない英語ジョークから、もんじゃの焼き方、猫の探し方まで。超多忙な脚本家と人気タレントの、笑える上に役に立つ、抱腹絶倒の会話のバトル。

定価（本体1400円＋税）

―― 幻冬舎 ――